L'autre Jeanne
de Marie Larocque
est le mille quatre-vingt-neuvième ouvrage
publié chez
VLB ÉDITEUR.

Direction littéraire : Mélikah Abdelmoumen
Coordination éditoriale : Ariane Caron-Lacoste
Maquette de la couverture : Chantal Boyer
Image en couverture : Joery Dirmeitis/EyeEm/Getty Images
Correction d'épreuves : Pascale Matuszek

Catalogage avant publication de Bibliothèque et Archives nationales du Québec et de Bibliothèque et Archives Canada
Larocque, Marie, 1970-
  L'autre Jeanne
  ISBN 978-2-89649-643-3
  I. Titre.
PS8623.A762A97 2017   C843'.6   C2017-940569-1
PS9623.A762A97 2017

VLB ÉDITEUR
Groupe Ville-Marie Littérature inc.*
Une société de Québecor Média
1055, boulevard René-Lévesque Est
Bureau 300
Montréal (Québec) H2L 4S5
Tél. : 514 523-7993
Téléc. : 514 282-7530
Courriel : vml@groupevml.com
Vice-président à l'édition : Martin Balthazar

DISTRIBUTEUR :
Les Messageries ADP inc.*
2315, rue de la Province
Longueuil (Québec) J4G 1G4
Tél. : 450 640-1234
Téléc. : 450 674-6237
* filiale du Groupe Sogides inc.,
  filiale de Québecor Média inc.

L'auteure remercie le Conseil des arts et des lettres du Québec pour leur soutien financier.

VLB éditeur bénéficie du soutien de la Société de développement des entreprises culturelles du Québec (SODEC) pour son programme d'édition.
Gouvernement du Québec – Programme de crédit d'impôt pour l'édition de livres – Gestion SODEC.

Nous remercions le Conseil des arts du Canada de l'aide accordée à notre programme de publication.

Dépôt légal : 2ᵉ trimestre 2017
© VLB éditeur, 2017
Tous droits réservés pour tous pays
edvlb.com

L'AUTRE
JEANNE

L'AUTRE JEANNE

Marie Larocque

vlb éditeur
Une société de Québecor Média

À ma mère, encore. Mais c'est la dernière fois.

Le journal de Jeanne

Cet après-midi, je suis tombée sur une junkie dans la rue. C'est rare au mois de janvier. Je sais pas où ils se shootent le reste du temps, mais l'hiver, ça doit pas être évident. Je sais pas non plus quel âge elle avait, ils ont pu d'âge ce monde-là. C'est des morts qui respirent encore.

J'avais pas une cenne sur moi, j'ai ma paye juste jeudi. Je pouvais pas l'aider comme ça. Je pouvais pas la laisser de même non plus, j'aurais passé le restant de mes jours à y penser.

Je me suis approchée doucement. « Ça va ? » Question épaisse, mais je savais pas quoi dire d'autre. Elle a tourné la tête, l'air étonné d'entendre une voix, pis elle a essayé de me cracher dessus. Ah ben calvaire ! Une chance qu'elle était trop gelée pour viser comme du monde, son motton de morve a dégouliné sur elle, il s'est même pas rendu à un pouce de son menton. Je suis partie. « Stie de folle ! Mange donc ta marde un coup parti. »

J'étais quasiment rendue au métro Beaudry quand j'ai vu son contraire. Une belle fille aux cheveux bien peignés, habillée d'une fourrure épaisse qui avait l'air vraiment confortable et chaude. Dans sa face, une rangée de dents parfaites, des lèvres maquillées, des yeux ombragés, tout le kit. Le genre de symbole de ce que la junkie sera jamais, même dans un million d'années. J'étais ben obligée de retourner la voir.

— C'est encore moi, j'ai dit. Excuse-moi pour tantôt, je voulais pas t'écœurer...

Elle a fait une sorte de gargouillis en voulant répondre, mais j'ai rien compris. Je parle pas la langue des junkies. Ça fait que j'ai fait une affaire que je fais jamais. Je me suis assise à côté d'elle et je lui ai flatté les cheveux. Elle s'est virée de bord d'une shot en essayant de me chasser de la main. Mais la pauvre loque avait pas plus de force dans le bras que dans la yeule, on aurait dit un ralenti dans un film poche. Pour en finir, je lui ai mis ma tuque sur la tête et je suis partie, pour vrai cette fois-là.

Je suis chanceuse de pas être à sa place. Ma vie est facile pareil, vue d'un trou dans une rue. Moi, ma grande tragédie, c'est que ma mère a oublié que c'était ma fête aujourd'hui. On est loin de la fin du monde.

Après un café et seulement trois cigarettes, Élizabeth Hamelin leva le nez sur les mots croisés de son journal et attaqua son *Jehane Benoit*. Pour les dix-huit ans de sa fille, elle servirait un tas de plats contenant du poulet, la viande préférée de la fêtée. Poulet en salade, en sandwiches, au curry, en ragoût et en brochettes. Dans la brique aux pages collantes et écornées, elle ne trouva rien sur le poulet au curry. Tant pis, elle improviserait. Elle chantonnait en travaillant.

Par association d'idées, Élizabeth songea à son propre passage à l'âge adulte. Elle se souvenait très bien de ce jour-là : elle avait pleuré des trombes devant l'avenir qui se présentait et sa mère l'avait brûlée en la forçant à boire du thé. À l'époque, Élizabeth était déjà mère deux fois et venait d'épouser René Fournier, le père de sa seconde fille. Un mariage malheureux qui n'avait fait que se détériorer. C'est la naissance de sa Jeannette, quelques années plus tard, qui l'avait transformée en mère digne de cette appellation. Elle était littéralement tombée en adoration devant son bébé qu'elle trouvait parfait et qui ne pleurait jamais. Aujourd'hui encore, Jeanne était sa préférée.

Le temps des fleurs passait à la radio, Élizabeth emprunta un accent pour accompagner Dalida, et se trémoussa gaiement en remuant une sauce par-ci, un mélange Duncan Hines par-là. Elle retrouverait sa fille, l'ancienne, la vraie. Elles rejoueraient au scrabble ensemble, iraient au bingo et à la bibliothèque, se goinfreraient de hot-dogs au Pool Room. Elles iraient manger des banana-split à Saint-Jérôme et visiteraient les ventes de garage sur la 117. Comme avant.

Élizabeth voulait redevenir mère, effacer les quatre dernières années et renouer fil après fil une relation déchirée. C'était difficile. La Jeanne revenue des centres était une inconnue, une Jeanne en mode automatique qui lavait sa vaisselle, faisait son lit et demeurait polie.

Ginette Reno prit le relais avec ses *Croissants de soleil pour déjeuner*. Élizabeth chantait à s'en époumoner et renversa un bocal de sucre. Ça ne freina pas son élan pour autant, elle nettoya presque en valsant. Ce jour-là, elle se sentait heureuse. Ce n'était pas un sentiment quotidien.

Ça ne dura d'ailleurs pas. Sans prévenir, alors qu'elle rinçait un cul de poule en balançant les hanches, Renaud l'agressa avec sa *P'tite conne* qui se drogue et qui en crève. Élizabeth prit un linge à vaisselle et se rembrunit, un tout autre fil de pensées s'installa dans son esprit. Jeanne maigre et un peu verte, les cheveux ternes, les yeux vitreux, l'air perdu. Comme elle avait été surprise par le volcan de hargne et de rage qui avait explosé dans sa fille. Il avait fini par s'essouffler et s'éteindre, mais ça avait laissé des traces.

Pour finir, Francis Cabrel enfonça le clou et envahit la cuisine.

Elle disait « je ne continue plus,
Ce qui m'attend, je l'ai déjà vécu.
C'est plus la peine »
Elle disait que vivre était cruel
Elle ne croyait plus au soleil
Ni aux silences des églises
Même mes sourires lui faisaient peur
C'était l'hiver dans le fond de son cœur

Élizabeth, qui pleurait doucement, fondit en gros sanglots. Il était temps d'éteindre la radio. Elle mit des patates à cuire et prit une pause cigarette.

Un bon ménage avait été fait pour l'occasion, tout était dépoussiéré et à sa place. Deux des sœurs de Jeanne, Nathalie, l'aînée de la famille et Julie, la cadette, étaient assises à la table ovale, au milieu de la cuisine. C'était une pièce sombre, encore alourdie par des murs de contreplaqué et un tapis noir et vert. La petite fenêtre plantée au-dessus de l'évier n'y pouvait rien.

Élizabeth avait demandé à ses filles d'arriver en avance pour l'aider à la décoration et aux derniers préparatifs, mais seule Chantal s'activait. Elle tranchait des oignons en silence. À vingt et un ans, la jeune fille se débrouillait plutôt bien en cuisine. Les deux autres auraient pu arriver en retard, ça n'aurait rien changé. Il y avait un programme qu'elles aimaient bien à la télévision, c'était plus intéressant que de souffler des ballons ou de désosser des volailles. Élizabeth s'indigna :

— Forcez-vous donc un peu. C'est pour votre sœur qu'on fait ça, quand même...

Ni Nathalie ni Julie ne prirent la peine de répondre. Jeanne, on ne la connaissait plus vraiment, au fond. Presque quatre ans qu'elle avait quitté la famille, qu'elle côtoyait un monde qui leur était aussi étranger que l'Antarctique. Une droguée en plus. Jeanne l'épave. Tout de même, c'était surprenant. Jeanne la pure, qu'on disait d'elle quand elle était petite. Ça tenait autant à son air angélique qu'à ses cheveux bouclés et à sa phobie de tuer quoi que ce soit. Un insecte, une fleur, même un robineux, à ses yeux, tout méritait de vivre. Au fond, elle était un peu fêlée, la Jeanne, quand on y pensait bien. Incapable de faire la part des choses. La discussion avec elle devenait vite épuisante.

Les trois autres sœurs, au contraire, avaient réussi à traverser la vie sans user de stupéfiants, cigarettes ou alcool. Et elles en étaient immensément fières. Nathalie travaillait à la caisse populaire, Chantal était serveuse dans une pizzeria et Julie, malgré sa grossesse, terminait son secondaire.

Élizabeth finissait de mettre la table quand Georgette parut, précédée par le cling-cling de ses bracelets et un large nuage de parfum. La marraine de Jeanne soufflait comme une marathonienne qui n'a pas l'habitude, mais draina quand même toute l'attention sans attendre, en racontant sa dernière mésaventure dans le métro. Deux hommes avaient tenté de l'assommer avec une poêle à frire pour lui voler son sac à main. Elle avait tenu la ganse de toutes ses forces en criant les noms de tous les saints, et avait fini sur le quai, l'arrière du crâne ensanglanté, mais sa sacoche toujours entre les bras.

— Les écœurants, ils savaient pas à qui y'avaient affaire ! rigolait-elle. Moé chu recousue, mais eux autres, y'ont rien eu. Pas une mauzusse de cenne !

Georgette avait sa logique bien à elle.

Entre deux anecdotes, la marraine aida Élizabeth à poser des serviettes de papier rose et mauve à côté des six assiettes déjà dressées. Au centre de la table, trois bougies étaient prêtes à être allumées. L'ensemble leur parut des plus festifs, il ne manquait plus que la principale invitée. Élizabeth regardait l'heure aux deux minutes, de plus en plus inquiète.

— Quessé ça ? Ça sent ben drôle, dit Georgette en s'approchant de la cuisinière où mijotait un poulet au curry. C'est pas du spaghatti certain, cette affaire-là.

— C'est le nouveau plat préféré de Jeanne, dit Élizabeth. C'est pas mauvais, tu vas voir... Paraît que ça vient des Indes ou d'un pays dans ce coin-là. Moi, l'Afrique, je connais pas tellement ça.

Mais déjà Georgette était passée à un autre sujet. Elle taquinait Chantal de porter autant de rouge à lèvres.

— Ça fait comique de te voir attriquée en catin. T'as ben grandi !

— Allô Matante, répondit Chantal. Y'est beau le foulard qui te sert de cou.

Georgette s'esclaffa. Les échanges avec sa nièce se limitaient souvent à ce genre de flèches.

— Le bon Dieu m'a vissé la tête direct sur les épaules pour être sûr que je la perde pas. Y'est moins nono qu'y paraît, c'te vieux schnock-là.

Chantal s'affairait maintenant aux chaudrons, il y en avait trois de posés sur la cuisinière. Nathalie et Julie avaient éteint la télévision de la cuisine par politesse pour la grand-tante et papotaient autour d'un vieil album-souvenir. Une photo jaunie de Noël, prise en 1974, leur arracha quelques sourires. Les quatre sœurs, vêtues de robes fleuries identiques, se tenaient droites et bien coiffées devant un immense sapin. Jeanne et Julie exposaient fièrement une poupée qui les dépassait, les mains de leurs grandes sœurs posées sur leurs petites épaules, en protectrices. Un autre cliché montrait les quatre jeunes Fournier en maillot de bain, devant un grand dauphin en ciment bleu. Une photo de zoo. Sur pellicule, la fratrie avait toujours l'air de s'entendre à merveille.

— Checke ça, Chantal, t'as déjà été cute! lança Nathalie.

Chantal n'eut pas le temps de répondre. Élizabeth, de plus en plus irritée par l'absence de la fêtée, s'emporta contre elle :

— Brasse pas la sauce de même, maudite sans-dessein! C'est pas de la crème en glace, sacrament! Toé, j'te dis…

Chantal rétorquait rarement quand sa mère l'insultait. Autant sa répartie était prompte envers ses sœurs ou n'importe qui, autant elle se taisait devant Élizabeth. Elle trimait, frottait ou s'exécutait mieux. Il ne servait à rien d'obstiner Élizabeth Hamelin, son âge lui donnait automatiquement raison. C'était son principal argument : « J'ai trente-neuf ans, tu commenceras pas à me dire quoi faire ! », « Heille c'est pas à trente-neuf ans qu'un ti-cul va me parler de même, c'pas vrai ! », « Écoute-moé ben. J'ai trente-neuf ans pis c'est pas à mon âge que... ». Un argument qui avait l'avantage indéniable de ne souffrir aucun appel. Elle était plus âgée, elle avait raison.

Il était déjà 17 heures et Jeanne n'était toujours pas là. Élizabeth commençait à regretter de ne pas l'avoir prévenue. Et si elle n'arrivait pas ? Si elle avait prévu autre chose ailleurs ou tout simplement oublié la date de son anniversaire ? Comment savoir ? La mère songeait à tout ce poulet peut-être acheté pour rien. Ses trois autres filles aimaient surtout le bœuf. Georgette, qui lisait dans les pensées d'Élizabeth et goûtait à tout, s'étonna la bouche pleine :

— Coudonc, quessé qu'elle fait ma p'tite Juive ? Est-y encore partie su'a go ? À quelle heure est supposée arriver ?

— Ben... J'y ai pas dit d'heure, j'y ai rien dit pantoute. J'voulais lui faire une surprise, bafouilla Élizabeth.

— Ben là ! Elle viendra jamais, d'abord ! Une surprise... Voir qu'elle s'attendrait à ça.

— Dis pas ça, Matante, chu déjà assez énarvée de même...

— Ben là, r'garde-moé pas d'même, pour l'amour ! Y'est rendu passé 5 heures. Arrête de te faire des illusions, ça fait maigrir. Anwèye, sors les assiettes qu'on goûte à ça, c'te beau manger-là !

Nathalie, Chantal et Julie levèrent la tête en même temps.

Quinze minutes plus tard, on se demanda qui ferait la vaisselle. Un vrai régal.

Trois mois plus tard

Arrivée devant le 4540 Saint-Laurent, Jeanne ne s'arrêta pas. Son cœur battait trop fort, sa voix aurait tremblé. Elle poussa plutôt jusqu'au banc public le plus près pour fumer une cigarette et se calmer un peu.

Sa posture caricaturait son malaise. Ses jambes s'enroulaient l'une autour de l'autre et ses épaules essayaient de se toucher vers l'intérieur. Sa tête, penchée dans un angle improbable, touchait presque ses bras qu'elle tenait croisés, bien serrés. Jeanne avait la forme d'un œuf coincé dans une coquille invisible. Une fontaine crachotait de l'eau à côté d'elle, ça l'absorba un temps. Elle était attendue aux Éditions de la Petite Cloche pour 14 heures.

À 13 heures 55, elle s'étira comme un ressort et bondit si vivement sur ses pieds qu'elle faillit glisser. Une fine neige recouvrait le sol. Elle reprit la route en sens inverse d'un pas ferme, les yeux mi-clos pour se concentrer sur son seul objectif. Elle devait y aller, elle devait y aller, elle devait y aller, se répétait-elle au présent et à la première personne du singulier.

Jeanne portait un jean décoloré et déchiré, un manteau bleu marine trop grand et des souliers en faux suède décorés d'une frange de calcium. Ses cheveux, bouclés et emmêlés, étaient ramassés dans un chignon qui ressemblait à une botte de paille usée. Pour l'occasion, elle s'était légèrement maquillée : crayon noir, mascara et rouge à lèvres orangé. Son amie Céline lui avait suggéré de porter une robe, mais Jeanne avait catégoriquement rejeté l'idée. C'était rare. Normalement, elle obéissait religieusement aux conseils de son amie.

Le petit hall qui servait de réception aux Éditions de la Petite Cloche était tapissé d'affiches – couvertures de livres, invitations, annonces. Une jeune femme grande et cordiale se leva pour accueillir Jeanne.

— Jeanne Fournier ? demanda-t-elle en jetant un coup d'œil à l'horloge. Je peux t'offrir un café ou un jus ? J'avertis Maurice que t'es arrivée, tu peux t'asseoir en attendant.

— Oui. Non merci. Okay, répondit Jeanne dans l'ordre avant d'aller s'enfoncer dans un fauteuil et de se ronger les ongles, en commençant par le pouce. Elle s'exhortait à respirer normalement, combattant une furieuse envie de s'enfuir.

Maurice Chevalin ne tarda pas à paraître, et malgré toute sa retenue naturelle, Jeanne ne put réprimer un sursaut à la vue de l'obèse morbide qui dodelinait de la tête et du cou en s'avançant. Autour de lui, le cadre de porte avait l'air d'un trou de souris. L'éditeur était vêtu d'un pantalon beige informe et d'une chemise noire aux allures de tente. Il mâchouillait un stylo en souriant.

Maurice Chevalin avait l'habitude de ces jeunes « auteurs de garage » polis et nerveux, arrogants ou tourmentés, qui se présentaient à sa maison d'édition avec un manuscrit sous le bras. Il avait l'habitude mais ça le divertissait toujours autant de mesurer la terreur dans leurs yeux, de ressentir le pouvoir qu'il possédait de les rendre euphoriques ou de leur donner envie de retourner se réfugier dans les couilles de leur père (son expression).

— Bienvenue chez nous, mam'zelle ! dit-il à Jeanne en lui tendant sa large main. On passe dans mon bureau ?

Jeanne se leva si précipitamment qu'elle faillit atterrir tête première sur le tapis. Ses jambes n'étaient pas complètement déroulées. Elle s'empourpra, bafouilla des paroles inintelligibles et n'eut plus qu'une envie : partir. Elle suivit néanmoins l'énorme personnage jusqu'à son petit bureau.

— T'es pas ben vieille, toi ? Qu'est-ce qui te fait penser que tu as quelque chose à dire, à écrire ?

— J'ai dix-huit ans, répondit Jeanne sans relever la seconde question.

— Mmmm… Dix-huit ans ? Haha ! Excuse-moi, je t'en donnais douze. Il parle de quoi, ton livre ?

Jeanne s'empêtra dans sa réponse. Le livre parlait d'elle, mais ce n'était pas elle. Ça parlait de sa famille aussi, mais ce n'était pas vraiment sa famille. Il y avait trois voix, non quatre, enfin… plutôt deux. Chevalin continua de sourire, les yeux fixés sur la poitrine de

Jeanne. Celle-ci, qui ne regardait que le bout de ses souliers, n'y porta pas attention.

— Intéressant. Très intéressant, même, finit par dire Chevalin en écrasant sa cigarette. Tu me passes ton manuscrit, que j'y jette un coup d'œil ?

Jeanne se mit à rougir si violemment que le colosse se leva, contourna son bureau et vint lui tapoter les épaules à la manière d'un curé devant un enfant de chœur, le regard lubrique et la lèvre mouillée. Jeanne n'osa pas bouger, mais tout son corps se tendit jusqu'à une raideur douloureuse. Chevalin, qu'elle nommait moins gentiment dans sa tête, n'insista pas et finit par s'écarter.

Le journal de Jeanne

C'était peut-être pas une bonne idée de me tuer. Après mon «accident», j'ai failli m'extirper du char, inventer des beaux pompiers, ajouter plein de sang et m'offrir un long congé dans le coma. Durée indéterminée. Mais je trouvais ça un peu charrié, il y a des limites à inventer n'importe quoi.

Quand c'est radical, c'est efficace. J'avais vraiment une envie brutale de me séparer, de me détacher, de m'éloigner. Pas seulement des autres, de moi aussi. Passer à une nouvelle étape, écrire ou arracher trois pages pour faire comme si…

Tout le monde devrait écrire, ça irait mieux sur la planète. Avec une plume entre les mains, tu peux pas tirer, tu peux pas faire chier, tu peux même pas te gratter. La révolution plumitive! C'était une idée de mon éducatrice en centre et de mon prof de français. Pas la révolution, le livre. Elle pensait que ça me nettoierait l'esprit, il trouvait que j'écrivais bien. C'était pas con, c'est vrai que ça m'a occupée «positivement», comme ils disent. Mais ça m'a littéralement vidée aussi, pis pas juste à moitié. Là, je suis pognée devant un trou immense. Un gouffre. Ça doit être ça, le vide intérieur.

Je veux continuer mon histoire. J'aurais l'impression d'être morte dans la vraie vie, sinon. Je pourrais inventer une histoire farfelue de manuscrit retrouvé vingt ans plus tard par un voisin curieux, mais c'est cave, ça fait trop «film». Pis de toute façon, je peux ben faire ce que je veux, j'ai pas d'excuse à donner à personne. Bref, même si Céline, ma soi-disant meilleure amie, dit que ça se fait ab-so-lu-ment pas, je pense que je vais me ressusciter pis continuer la même histoire. Céline pis ses grands adverbes anyway, qu'est-ce qu'elle connaît aux livres ? Elle lit juste des *Archie*, pis encore, elle les finit même pas.

Ses conseils, elle peut ben se les fourrer où ça rentre. C'est elle qui m'a convaincue de déposer mon manuscrit en personne. J'aurais dû tout jeter ça dans la malle. Un facteur, ça fait sérieux. Un facteur a rien à crisser de son courrier, il débarque pas tout énervé comme un arriéré dans une maison d'édition. J'étais même pas capable d'aligner trois mots de suite, de me sortir les ongles de la bouche, d'arrêter de bouger. J'ai dû passer pour une moyenne folle.

En plus je suis tombée sur une espèce de gros tas de marde – on aurait dit de la graisse, mais c'était véritablement de l'excrément – qui a essayé de me tasser dans un coin pour m'embrasser après avoir feuilleté mon livre. Il disait que ça avait l'air bon, viens ici que je te taponne, ma p'tite… J'ai paralysé, je savais pas comment m'en aller. J'ai de la misère à dire non, je suis trop gênée. Une chance qu'il avait son orgueil et qu'il m'a laissé partir.

Ark. Juste à le revoir en flash dans ma tête, le cœur me lève. J'imagine son gros cul qui bouge comme du Jell-O. T'as l'impression que tu peux lui donner une claque sur les fesses, aller à la buanderie, faire ton lavage-séchage-repassage pis revenir, ça bougerait encore. Ark, ark, ark. Sors de ma tête, ostie…

L'air était frais mais agréable. Le soleil déclinait lentement sur un paysage tristounet. Des arbres sans feuilles, des terrains sans herbe, du gris partout. Seuls de petits tas de neige noircie parsemés sur l'accotement rappelaient que l'hiver était passé par l'autoroute.

Élizabeth Hamelin gara sa voiture sur la voie réservée aux taxis. Le stationnement de l'aéroport était cher et sa fille avait insisté, elle ne voulait pas d'au revoir triste, ne voulait pas d'au revoir tout court. Elles avaient roulé plus de quarante minutes en direction de Mirabel sans échanger un mot. La mère cherchait quoi dire, la fille était engloutie dans une bulle, le corps avancé sur la banquette, le front appuyé sur la vitre. *L'appel tangible de l'ailleurs*, se disait Élizabeth, mais dans un autre registre de langue : « Crisse, elle pourrait me r'garder, me parler, faire comme si j'tais là, sacrament… »

Élizabeth portait une de ses longues vestes de laine trop grandes pour elle, grise ou noir usé – ce n'était pas clair –, sur une blouse à collet fermé. Sa permanente, fraîche d'à peine une semaine, encadrait un assez joli visage, bien que très sérieux. Un monologue intérieur l'étouffait. Ses lèvres déjà très fines disparaissaient, sa bouche devenait la fente hermétique et infranchissable de ses pensées. Elle en avait du mal à fumer.

La mère éteignit le moteur et sa cigarette, posa les deux mains sur le volant, prit une longue inspiration et se lança :

— Jeanne, t'es pas obligée d'y aller. T'as le droit de changer d'idée.

— Le « droit » ? Mon Dieu, merci ! Mais sans joke, m'man, arrête de radoter. Ça va ben aller, je te le jure.

— Jeanne, tu peux changer d'idée, c'est toute. Tu peux pas jurer que ça va ben aller, tu le sais pas. T'as pas les moyens de ce voyage-là. T'as une bonne p'tite job de caissière, là, pourquoi tu ramasses pas ton argent pis t'attends pas un peu ? T'as même pas de bagages...

— Maman... Estie... Tu m'as déjà tout dit ça. Arrête donc de capoter pour rien ! C'est gossant.

— J'aime donc pas ça quand tu sacres...

Un klaxon se fit entendre.

— Faut vraiment que j'y aille, conclut Jeanne. Je t'appelle en arrivant, promis. Bon souper avec Julien, hein !

Et Jeanne débarqua.

Chacun apporterait un plat, de la bière et sa drogue de prédilection. Céline hésitait entre la coke et la mescaline. La première option la tentait davantage, mais son budget était serré et elle craignait de manquer de munitions en milieu de soirée. Elle finit par se décider à passer un coup de fil à sa mère, inventa une histoire de loyer en retard et fit sonner le biper de son dealer. Elle avait l'index enflé à force de composer des numéros sur son vieux téléphone à roulette ; il y aurait du monde à son party.

Céline s'ennuyait déjà de sa Jeanne. Des amis, elle en avait beaucoup, mais son ancienne co-chambreuse de centre d'accueil était différente. Devant elle, Céline devenait une sorte de génie intouchable, de fille exceptionnelle. Jeanne ne discutait jamais ses opinions, elle l'écoutait et acquiesçait, riait de ses blagues et de tous ses jeux de mots. Elle la citait souvent, même. Oui, son amie lui manquerait décidément.

Les premiers fêtards commencèrent à arriver vers 20 heures.

— Coudonc, est pas là, la belle Jeanne ? demanda un des invités en parcourant le petit studio du regard.

— Est partie en Europe, figure-toi…

— Hein ? Où ça ?

À tous les nouveaux arrivés, Céline annonçait la nouvelle.

— Ben voyons, elle était chez Max avant-hier ! Elle a dit qu'elle serait là à soir. T'es sûre ? insista un autre.

— Elle était là pis elle l'est pu, madame a décidé de se la jouer grande voyageuse. Haha ! Checkez-la ben revenir la semaine prochaine, si c'est pas demain. J'suis pas sûre, moi, Jeanne toute seule… En Europe en plus ? Non, juste non.

— Ouain, j'avoue, répliquait-on.

— Bon, on le fait-y ce party-là ? Anwèye Céline, mets de la musique !

Le journal de Jeanne

Je suis dans un avion. Un vrai de vrai. J'en reviens pas. C'est quand même fou, la vie. Ça peut vraiment partir dans n'importe quel pays, sans le moindre préavis. Hier je pitonnais sur une caisse, ce soir je flotte.

Le monde en dessous a l'air minuscule. Les camions ont l'air plus petits que des bébelles, les buildings ressemblent à des maisons en blocs Lego. Dans le fond, y'a rien qui a de l'importance, on le voit mieux dans les airs. On n'est pas plus gros ni plus wise que des miettes de poussière, on est des microbes. J'aurais peut-être pas dû capoter tant que ça quand j'étais petite pis que j'écrasais des fourmis par accident avec mon bicycle. J'étais ben trop émotive.

Je m'en vais où personne va me dire quoi faire ni penser. Je vais être libre comme un petit moineau pis écrire un autre livre. Juste pour le kick, juste pour continuer à mélanger ma vraie vie avec celle que je m'invente.

Me semble de voir la tête de ma mère quand mon histoire des Autres va être publiée. Je m'en fous pas autant que je voudrais. Des fois, je me demande ce qui m'a pris d'envoyer ça à un éditeur. C'était peut-être juste une affaire à écrire, pas à lire. Ça me gosse un peu, je regrette à moitié. Il est trop tard de toute façon, c'est parti et moi aussi.

Ma mère, elle m'énerve mais je l'haïs pas tant que ça. C'est pas plus clair dans ma tête que la couleur de son linge. Elle est moins pire que ben d'autres. Au centre, y'avait des filles sorties des entrailles de crisse de folles, de dégénérées, de monstres même, des fois. Ma mère est pas méchante, est juste niaiseuse. C'est pas de sa faute.

Je raconte pas le pire, mais c'est une évidence qu'elle badtriperait en lisant ça. C'est de famille, les Hamelin sont maniaques de leurs secrets même si tout le monde est au courant des maladies qu'ils ont dans la tête pis dans le cul. Sont comiques pareil... Ça se permet de jouer les horrifiés quand y'a un viol dans *Allô Police*, ça crie au meurtre quand des enfants sont maltraités dans d'autres familles pis ça s'insurge quand ça entend parler de voleurs. Sont pas gênés. Y'a vraiment des paires de lunettes qui devraient s'inventer, des lunettes faites pour se regarder par en dedans au lieu de juste grossir les défauts des autres. Ils méritent que leur histoire soit couchée entre deux rectangles de carton, un livre miroir qui leur permettrait enfin de se voir.

C'est pratique, un plateau d'avion, pour écrire.

Le journal de Jeanne

J'étais partie pour deux œufs bacon au resto, mais j'ai tiqué en chemin. ALLER SIMPLE POUR PARIS 159 $, en grandes lettres dans une vitrine d'agence de voyages. Ça puait l'arnaque à plein nez, mais j'avais le goût d'aller rêver un peu en posant des questions. J'ai tellement bien fait! Pas d'attrape, pas de fuck, pas de taxes cachées, rien. Juste la condition de devoir partir le lendemain. C'est-à-dire aujourd'hui, maintenant. Oh mon Dieu je l'ai fait, je capote!

Les p'tites choses d'une vie, comme sacrer son camp, changer de job ou de mari, ça se fait facilement. Tu te couches un soir ici, tu te lèves le lendemain là. Ça se fait juste en le faisant. Boum! C'est fait. C'est toujours plus facile que de s'acharner à creuser un trou qui mène nulle part et qui finit par nous enterrer. La face de mon boss quand je lui ai dit que je rentrerais pu travailler dans sa tabagie pourrie… Je l'ai pas vue, mais j'avais aucun mal à l'imaginer au téléphone. Gros moron. Il doit penser que je pars avec le cash que j'ai piqué dans sa caisse. Ben non le gros, je les ai sniffées, tes piasses! C'est pas toi qui finances mon trip, c'est ma mère…

Ma pauvre mère... Décidément, elle revient toujours dans mes pensées. Elle a capoté ben raide en apprenant que je partais, pis à l'heure qu'il est, moi dans les nuages, elle doit rusher encore plus. C'est agréable de l'imaginer s'inquiéter, de la sentir paniquer. «Tu vas faire quoi rendue là-bas? Tu vas manger comment sans argent? Tu vas revenir quand sans billet de retour?»

Je l'sais-tu? On verra là-bas, faut toujours ben que je me rende pour avoir une idée. Au début, ça m'a fait plaisir, tout de même, qu'elle s'inquiète un peu, qu'elle se rende compte que j'existe parce que je peux disparaître.

Ça se fait pas de partir de même... C'est ça, leur grand argument, avec la voix de chèvre pour faire plus repoussant. Ben oui, ça s'fait. Checkez, je l'fais. Me suis levée hier matin pour aller déjeuner à Montréal, et ce soir, je soupe dans un siège redressé au-dessus du vide, en direction de nulle part et de partout à la fois. Le parfait inconnu. La seule affaire qui est dommage, c'est que j'y aie pas pensé avant.

On dirait que je suis dans une bande dessinée. J'en reviens tellement pas d'être ici, de me faire servir par une hôtesse de l'air comme si j'étais une vraie adulte. C'est fou de penser qu'hier, j'étais prête à continuer. À continuer rien, mais à continuer pareil. Cent cinquante-neuf piasses pour me sentir à ce point libre et légère? J'aurais dû fuguer quand j'avais quatorze ans.

Avec la complicité de Georgette, Julien avait organisé un souper-surprise pour célébrer les débuts d'Élizabeth dans le monde du travail. Elle venait de terminer sa formation de préposée aux bénéficiaires et avait trouvé un poste de jour dans un centre pour personnes âgées. Le plan avait failli tomber à l'eau à cause du départ subit de Jeanne, mais celle-ci avait convaincu sa mère de la conduire à l'aéroport plus tôt, prétextant qu'elle avait besoin d'écrire avant de prendre l'avion.

Il avait fallu insister longuement pour convaincre Rosanna de se présenter chez Da Giovanni avec le reste de la famille. «La rue Ste-Catherine, c'est ben trop dangereux», prétendait la mère d'Élizabeth. En réalité, la principale raison de sa réticence était qu'elle ne pouvait pas sentir son gendre. Un snob, un frais chié, un ivrogne, pour ne citer que quelques-unes de ses paroles tendres. Elle ne pardonnait pas à Julien son accent bordelais et ses mots de plus de trois syllabes. «Il veut juste nous rabaisser, comme toutes les maudits Français», résumait-elle. Et lorsque quelqu'un la confrontait en lui disant que Julien était quand même plus aimable et plus fiable que René Fournier, la grand-mère répondait, avec une mauvaise foi spectaculaire, qu'au moins l'ex-mari de sa fille parlait *comme du monde*.

Julien, pour sa part, appréciait la vieille dame et ne se montrait nullement offusqué par sa froideur envers lui. Il aimait sincèrement Élizabeth, et le lui montrait de toutes les manières possibles. Respecter sa mère en faisait partie.

— Félicitations! beugla le petit groupe à l'arrivée d'Élizabeth au restaurant.

Plusieurs clients tournèrent la tête dans leur direction, choqués par le bruit. La tante Georgette les calma à sa manière:

— Quessé qu'y a? On n'a pu le droit d'être de bonne humeur, asteure? Faut qu'on aille toutes vos faces laides d'enterrés pour venir manger du spaghatti?

— Matante... risqua Élizabeth, un peu gênée.

— De quoi, «Matante»? reprit Georgette encore plus fort. Qu'ils mangent toutes d'la schnoutte si y sont pas contents! Moé en tout cas, chu pas mal fière de toé ma Lizon, conclut-elle avec un baiser sonore sur la joue de sa nièce.

Georgette s'était habillée comme si elle devait présider un gala exotique. Elle portait une robe rouge vin, un foulard vert pomme, trois rangées de fausses perles incolores et des chaussures noires à talons si hauts qu'elle ressemblait à un croisement entre la tour de Pise et quelque fruit mystérieux. Rosanna, sa sœur, était vêtue plus sobrement. Un pantalon, un chemisier bleu marine et une touche de rouge à lèvres avaient suffi à la vieille dame pour montrer qu'elle avait fait un effort de toilette. Quant aux trois filles d'Élizabeth, elles étaient arrivées au restaurant dans leur accoutrement du jour, jeans, t-shirts et souliers de marche.

Contre toute attente, Rosanna affichait une mine joyeuse et se montrait bavarde, tout en ignorant ostensiblement le compagnon de sa fille.

— Quessé qu'il dit? demandait-elle à la ronde dès que son gendre lui adressait la parole.

Rosanna refusait de répondre directement à Julien, ce qui amusait la tablée. Les sœurs Fournier se moquaient gentiment d'elle.

— Il dit que t'as des belles p'tites fesses, Mèmèye, dit Chantal alors que Julien avait demandé à sa belle-mère s'il pouvait lui offrir un verre de vin.

Raoul, le père d'Élizabeth et l'ancien mari de Rosanna, avait été invité pour la forme, mais depuis que ses préférences sexuelles avaient nourri les ragots à table, le vieillard se disait toujours trop malade pour se déplacer. C'était embarrassant, tout de même. Personne, d'ailleurs, ne commenta son absence.

Au dessert, le visage d'Élizabeth s'assombrit légèrement.

— Ma Jeanne est dans le ciel, à l'heure qu'il est, dit-elle.

— T'aurais jamais dû la laisser s'en aller de même, répondit Rosanna d'un ton qui se voulait sévère.

— T'es drôle, môman, répliqua Élizabeth, quessé tu voulais que je fasse? J'pouvais quand même pas l'attacher sur son litte…

— Entre l'attacher su son litte pis y donner de l'argent... Veux-tu ben me dire à quoi t'as pensé? Imagine si elle meurt, tu vas avoir l'air fine d'avoir payé pour ça, hein? l'interrompit la grand-mère.

— Franchement môman, dis pas des affaires de même!

Nathalie prit la défense de sa petite sœur :

— Est quand même chanceuse d'être partie, Jeanne. J'aimerais ça voyager moi avec, un jour...

— Hahaha! ricana Julie. Tu pourrais pas t'en aller sans douze valises pleines de linge pis de make-up, arrête de dire n'importe quoi.

— Tu peux ben parler, Miss Piggy, répondit Nathalie, vexée. Y'a ben juste toé pour aimer ça, passer sa vie dans une porcherie.

Julien se leva de table de manière théâtrale et fit taire la petite assemblée en brandissant une bouteille de vin mousseux glacé.

— Champagne à la santé de ma chérie! s'exclama-t-il. C'est elle, la star, ce soir!

— Quessé qu'il dit encore, lui? demanda Rosanna.

— Il te demande en mariage, Mèmèye, répondit Julie. Dis donc oui!

Le journal de Jeanne

Y'a pas grand-chose à faire dans un avion. Je pense à toutes sortes d'affaires que je lâche, ma gang d'amis qui sont pas mes amis tant que ça, ma famille qui est pas si famille que ça non plus. Y'a juste Céline qui va me manquer. C'est la seule à qui je raconte quasiment tout. Mes sœurs, bof, le lien est trop coupé. Si on se croisait dans la rue ou dans un party, on se jetterait pas dessus pour être amies, on se parlerait probablement pas. Ça sert à quoi qu'on se force à chaque souper de Pâques ou de Noël? On a jamais rien à se dire à part qu'on est laides, connes, pis qu'on a grossi.

Non, y'a pas juste Céline dont je vais m'ennuyer. Y'a ma grand-mère et ma marraine aussi. Elles me manqueront pas au quotidien, mais je pense que toute ma vie j'aurai envie de les voir. Quelle paire de sœurs, quand même, la straight et la peureuse, la téméraire et l'excentrique, les deux contraires qui se complètent.

Ça fait du bien de ravoir de l'air. J'arrive du fond, le show de boucane est intense. Tout le monde fume, les passagers pognés là pis les autres, comme moi, qui y vont de temps en temps pour en pomper une. C'est dégueulasse, répugnant, carrément sordide, mais j'y vais pareil toutes les heures. Je sais pas pourquoi je fume. Vu de même, en tout cas. Le plafond est bas, la fumée tourne, ça sent le yable.

J'aurais dû m'apporter un livre. Ils passent un film dans l'allée mais ça a l'air plate. En cinq minutes, tu sais déjà que Blondinet va tomber amoureux de Brunette, son ennemie, qu'ils vont se pogner solide mais finir par se frencher. Aussi ben fumer.

Je me demande combien de temps je pars. Tout d'un coup que je reviens jamais ? Que je tombe amoureuse folle d'un gars ou d'une place pis que je veuille plus jamais retourner en arrière ? Ça se peut dans les livres, ça se peut dans les films, ça doit ben se pouvoir dans la vie.

En sortant du Da Giovanni, Julien, Élizabeth et ses trois filles s'engouffrèrent dans la vieille Renault 12 d'Élizabeth pour rentrer chacun chez soi. Georgette et Rosanna, qui ne s'étaient pas vues depuis une semaine – une éternité – prétendirent rentrer également à la maison, mais donnèrent au chauffeur de taxi l'adresse de Raoul. Rosanna, réchauffée par le vin, avait envie d'une bière. Quant à Georgette, la solitude n'était pas dans ses aptitudes.

Rosanna, par un reste de pudeur qui datait du couvent, avait toujours refusé d'appeler les inconduites de son ancien mari par leur nom. À ses yeux, Raoul était un homme différent, pas si mauvais au fond. Il lui avait donné six enfants, l'avait tenue loin du besoin, elle ne pouvait que s'en montrer reconnaissante. Les révélations n'avaient soulevé aucune tempête particulière, tout le monde connaissait ou se doutait de l'attirance du vieillard pour les hommes et les jeunes garçons. Mais puisque le sujet était désormais ouvertement discuté sur les sofas, il avait fallu prendre une sorte de position : condamner, excuser ou pardonner. Le problème avec le vicieux bonhomme, c'est qu'il avait des qualités rares dont il fallait faire le deuil en choisissant l'angle de ses défauts. On n'était du reste pas trop certain quant aux «défauts»... Fallait-il être assez malade pour faire des choses pareilles? On ne pouvait détester un malade, surtout pas un malade comme Raoul. On adorait l'ancien peintre-lettreur pour son écoute, son humour, sa bienveillance. L'affaire avait été classée, le temps finirait par empoussiérer tout ça. Et puis, comme avait dit Georgette, «à son âge, il bande pu, c'est fini ces cochonneries-là». Raoul Hamelin était redevenu un homme respecté, mais pas respectable pour autant. On se faisait discret quant au plaisir de lui rendre visite.

Le vieillard entrouvrit la porte avec précaution, puis l'ouvrit toute grande quand il aperçut son ex-femme et son ancienne belle-sœur.

— Ah ben ah ben, d'la grande visite! s'exclama-t-il en souriant. À c't'heure-là, j'me demandais qui c'est qui avait le front de sonner chez nous! Rentrez, rentrez...

On s'attabla dans la petite cuisine qui servait également de salon. L'appartement était minuscule mais confortable, malgré la jaunisse qui semblait avoir attaqué les murs et tout le mobilier. Raoul n'éteignait une cigarette que pour en allumer une autre.

— Vous êtes pas allées fêter Lizon pis son diplôme? demanda-t-il.

— On arrive de d'là, dit Georgette. On a mangé comme des cochons, c'tait pas mal bon.

On parla de boulettes et de sauce bolognaise un moment, puis Raoul demanda des nouvelles de sa fille.

— Elle va ben, notre Lizon, dit Georgette. Elle est un peu su'l cul à cause de Jeanne qui est partie, mais elle va ben, ça paraît dans sa face. C't'une bonne job qu'elle s'est pognée, ça va y faire du bien de travailler comme le monde normal…

— Le monde normal, répéta Raoul d'un ton rêveur. Ça existe-t-y, ça, du monde normal?

— Heille, commence pas à nous compliquer ça, dit Rosanna. On est juste venues pour boire une bière, pas pour prendre un cours d'université.

— Ouain, mêle-nous pas la tête, Seigneur, est assez pleine de même, renchérit Georgette.

Raoul n'insista pas.

— Comme ça, la p'tite Jeanne est partie, dit-il. C'est une bonne affaire, ça va lui faire du bien de changer d'air un peu…

— Ah non par exemple! l'interrompit de nouveau Rosanna. Encourage pas ça toi avec. C't'une belle grosse niaiserie, c'te voyage-là. Quand je pense à tout ce qui peut lui arriver, j'en reviens pas que Lizon l'aille laissé partir. Moé, j't'e l'aurais enfermée assez vite merci. J'aurais jamais pensé que ma fille pouvait être aussi sans-dessein…

— Exagère pas non plus, dit Georgette. Elle est plus débrouillarde qu'on pense, la p'tite Juive. Checkez ben ça, elle va nous ramener un beau Français, comme sa mère…

Rosanna s'indigna.

— Heille! Pas un autre! Un c'est déjà ben en masse, même que c'est trop, si tu veux mon avis.

Raoul soupira. Le silence s'installa quelques secondes, le temps d'une gorgée de bière.

— Fait pas chaud, dit Rosanna pour remplir le vide. Pour moé, le printemps sera pas facile c't'année...

On parla météo un moment. Chacun y alla de ses prédictions, de ses doléances et de sa nostalgie du bon vieux temps. Quand la pluie, la neige et le beau temps furent épuisés, on passa aux faits divers.

— Avez-vous entendu ça, l'affaire du malade qui a tué sa femme pis ses enfants avec un fusil? lança Georgette.

On discuta des hommes qui massacraient leur famille. La peine de mort avait été abolie et c'était bien dommage, affirmait Rosanna. Ça changeait rien, les fous resteraient fous pareil, s'opposait Raoul. Ça dépendait, tempérait Georgette, il y avait des malades qui savaient pas qu'ils étaient malades. On en revint au bon vieux temps où tout était plus facile, plus chaud et moins violent.

En deux heures, les grandes vérités de la vie, de la météo et du *Montréal Matin* furent épluchés, digérés, triés. On en était à l'horoscope, qui servait à sonner la fin de ces rencontres fortuites mais quasi hebdomadaires. Chacun bâilla, c'était l'heure de rentrer et d'aller se coucher.

Le journal de Jeanne

Je les imagine, assis au resto, des pions microscopiques posés sur terre pour parler un peu de tout et beaucoup de rien. C'est clair que je manque pas grand-chose.

Depuis que j'ai mis en mots tout ce beau monde-là, on dirait que ça me donne le droit de m'en dissocier. Je suis pas obligée de m'empêtrer dans le même chemin que ma famille, je suis même pas obligée d'en avoir une. Y'ont pas de leçons à me donner, sont pas heureux, sont pas sains. Asteure je le sais. Avant, je le portais, c'était pas clair, c'est pas pareil.

Mon grand-père… Il l'a échappé belle, j'ai rien dit sur lui dans mon livre, c'était trop too much. C'est ma marraine qui s'est ouvert la trappe, une soirée de soûlerie. C'était effrayant. Je l'ai pas crue, sur le coup. Qui croirait ça ? Mais c'est vrai, ma mère a confirmé, son père, mon cher et adorable Pèpèye, est un maniaque sexuel ! Qui a violé des enfants en plus. On dirait que c'est encore pire que de violer des femmes, j'arrive pas à me rentrer ce genre d'images-là dans la tête. J'arrive pas à l'haïr non plus. Pourtant, je devrais. Ça se fait pas, des affaires de même.

Mais est-ce qu'on peut haïr quelqu'un qu'on aime parce qu'il a fait du mal à d'autres ? S'il a fait du mal à ceux qu'on aime, j'imagine que oui. Mais mes oncles, je les aime pas spécialement, je les connais presque pas. Juste Alain que j'aimais, mais il est mort, ça fait moins d'effet, ce qu'il a subi est enterré avec lui. Pis ma marraine, elle a la manie de l'exagération. Elle parle de viol, mais c'est pas si vrai que ça. Mon grand-père a jamais forcé personne, même qu'il payait ses fils dix cennes pour qu'ils lui sucent la graine ou celle de ses amis. C'était donnant donnant, quoi. Ark. Elle est donc ben loin la tour Eiffel, tout d'un coup.

Je vais me commander une bière, ça va me faire du bien. Une Labatt. C'est mon père qui serait fier de moi !

Mon père. Le rat, le chien, le crotté, le crosseur, le menteur. Je me demande si c'est si vrai, tout ça. Est-ce qu'il sait que je suis partie ? Sûrement pas, c'est pas mes sœurs qui iraient l'appeler pour lui donner de mes nouvelles. Je sais même pas si elles savent son numéro, je sais rien de lui. René Fournier, je le connais juste à travers ma mère, autant dire à travers une bouche d'égout. Il me manque pas, j'ai jamais envie de le voir ; une chance pareil, j'ai vraiment aucune idée où il est rendu. Mais j'ai pu envie de l'haïr non plus. C'est grugeant, la haine, c'est épuisant, le mépris. J'aurais envie qu'en atterrissant, ma mémoire s'efface. Je suis fatiguée, je pense.

Ça y est, on n'a plus le droit d'aller fumer, on va atterrir. Je vais me concentrer, prétendre que je célèbre un rituel sacré. Dans quelques minutes, ma nouvelle vie va commencer. C'est quand même pas rien.

L'aéroport Charles de Gaulle était immense. Jeanne avait dix francs, un restant de monnaie de la dernière visite de Julien à Bordeaux. Elle chercha du regard un endroit où se poser, le temps de rassembler une ou trois idées. Il y avait plein de petits comptoirs.

— Un café s'il vous plaît, dit-elle en arrivant à l'un d'eux.

— Un expresso ou un allongé?

— Euh... Vous avez pas de café?

Un serveur tout-droit-tout-propre tendit à Jeanne une tasse qui lui sembla un objet de poupée, mais qui n'en mangea pas moins toutes ses pièces de deux francs. Elle tenta un effort d'élégance, agrippant la tasse du pouce et de l'index et levant les trois autres doigts comme le faisait certainement la bonne vieille comtesse de Ségur. Enfin, elle se sourit à elle-même et sirota une gorgée. Ses manières revinrent alors au grand galop. Elle recracha bruyamment dans sa tasse, inquiétant les autres consommateurs. Ils ignoraient que la jeune fille ne connaissait que le café-filtre bien fade et très lacté. Au serveur qui rappliquait, Jeanne se contenta d'un laconique «Ark! Quessé ça?» qu'il ne comprit pas. Il lui rapporta une nouvelle tasse qu'elle ignora, un peu confuse. «Osties de Français à marde!» se dit-elle en s'éloignant.

Il n'y avait pas d'autre autostoppeur à la sortie du stationnement. Jeanne sortit un grand cahier de son petit sac et se mit à griffonner : CHAMP DE MARS SVP. Quelques voitures passèrent, la cinquième s'arrêta. Un homme la fit monter.

Élizabeth, Nathalie et Julie déambulaient dans les allées du marché aux puces de Saint-Eustache. C'était le meilleur endroit sur terre pour faire le plein de bas, de t-shirts et de literie. À entendre la mère et ses deux filles, ça valait réellement la demi-heure à chercher un stationnement et les quarante minutes pour s'y rendre.

— R'garde ça, Julie, ça serait beau pour ton bébé, ça, dit Nathalie.

C'était un ensemble de draps et de couvertures qui matchaient avec une serviette de bain, une débarbouillette et une peluche.

— Pis du jaune, c'est parfait, ça a pas de sexe, c'est beau pour les gars comme pour les filles, renchérit Élizabeth.

Le kit de canards fut embarqué. Des biberons aussi, de la vaisselle, un robot culinaire et deux plantes vertes. Une fois les achats terminés, le trio s'installa autour d'une table à pique-nique et de six hot-dogs, trois frites et autant de Pepsi.

— J'ai pensé demander à Chantal d'être marraine, commença Julie, la bouche pleine.

Élizabeth ne cacha pas sa surprise.

— Chantal ? Mon Dieu, s'il y'en a une que je vois pas en marraine, c'est ben elle, dit-elle.

— Ah, maman… Lâche-la un peu, dit Nathalie. Chantal, est pas pire que ben du monde.

Julie, qui adorait contrarier sa mère comme d'autres aiment jouer au bowling, reprit :

— Ouais, ça va être Chantal, sa marraine. Pis le parrain, je sais pas encore, vu qu'elle a pas de chum. Elle adore les bébés, ça va faire une vraie super matante.

— Tu feras ben ce que tu voudras, répondit Élizabeth en soupirant. Mais à ta place, je choisirais Jeanne. Ça lui ferait du bien de se sentir un peu plus dans la famille, tu penses pas ?

— Jeanne marraine de mon bébé ? Es-tu malade ? Jamais de la vie ! Elle est ben trop pas fiable…

Élizabeth préféra changer de sujet. Il faisait trop beau pour s'user dans une dispute stérile.

— Y'en a-t-y une de vous deux qui veut un cornet ?

Le journal de Jeanne

Je suis évachée en plein Champ-de-Mars. Je viens de fumer du gazon pour voir si ça goûterait pas le pot par hasard, mais non, c'est juste pas très bon. Je suis heureuse. J'existe. C'est un drôle de feeling d'être ici, loin de tout le monde. Respirer un nouvel air, un air clair, un air vide de ben des affaires.

Un seul lift pour me rendre direct ici en sortant de l'aéroport. Un monsieur super gentil qui m'a embarquée avant que la police le fasse. Il paraît qu'on peut pas faire du pouce partout. On verra. C'est drôle de se faire vouvoyer. Je voyais bien qu'il faisait pas ça pour être impoli, le bonhomme, mais quand même, ça te refroidit quelqu'un, les verbes qui en finissent pu de finir en «ez». Me semble que quand ça fait plus de dix minutes que tu placotes avec quelqu'un, tu peux lâcher l'affaire pis parler comme tout le monde. Anyway. Il était fin pareil, mon chauffeur. Il m'a offert de m'emmener chez lui, mais non merci. Je suis pas débarquée ici pour aller m'enfermer en arrivant.

Il y a de l'herbe partout à Paris. J'aurais pensé que c'était plus brun. Ou briqué. Ça fait plein d'endroits potentiels où coucher, je pense pas avoir besoin d'aller ben loin. Il fait beau, il fait chaud, il fait clair, je suis loin pis je suis bien. C'est ça que j'avais envie d'écrire. Pour m'en rendre compte. C'est mieux de se dire « je suis trop bien » maintenant que de se dire « j'étais donc bien » plus tard. Je trouve.

Je suis vraiment partie, donc. C'est fait, je suis ailleurs. J'ai atterri sur une page blanche et je peux dessiner ce que je veux. Je connais personne. Personne me connaît. C'est donc ben apaisant.

Ahhhh que j'ai hâte de tout voir du fameux Paris qu'on entend dans les chansons! Ça serait cool de croiser Joe Dassin dans une boulangerie. Mais ça risque pas d'arriver, si ça se trouve il est déjà mort.

La gare du Nord grouillait de gens pressés et empestait la vieille urine. Jeanne se précipita à l'extérieur en retenant sa respiration.

— Excusez-moi. Je viens pas d'ici et je veux m'en aller. Vous auriez pas un franc pour m'aider à retourner chez nous ?

— Oh ! Une p'tite cousine !

— Excusez-moi, je viens pas d'ici mais je voudrais bien rester. Vous auriez pas un franc pour m'aider à continuer ?

— Oh ! Une p'tite Canadienne !

Jeanne récolta une centaine de francs en vingt minutes de ce manège, baratinant n'importe quoi : elle avait été victime d'un vol, d'une perte, d'une fraude. Elle dit la vérité à quelques-uns : elle n'avait pas d'argent mais avait envie de voyager. Ceux-là la crurent en fugue.

Des étals étaient dressés un peu partout sur les trottoirs, Paris débordait de sandwiches et de pâtisseries. Jeanne s'acheta un jambon-beurre et un tiramisu puis alla s'installer sur un banc, dans un petit parc. Un jeune homme vint s'asseoir près d'elle.

C'était une de ces personnes qu'on croise sans raison spéciale, qui jase dix minutes et qui offre une sorte de mode d'emploi, l'air de rien. Quelquefois, ce sont des recommandations de grand génie, d'autres fois, comme en l'occurrence, des conseils de gros bon sens. C'est de lui que l'apprentie voyageuse apprit que le métro était gratuit si on n'avait pas d'argent, que le Secours catholique des bonnes sœurs l'hébergerait, la nourrirait et lui offrirait des vêtements chauds, que les Krishna savaient cuisiner et ne l'ensecteraient pas nécessairement. Il lui apprit aussi que la meilleure façon de voler dans les grandes surfaces, c'était de demander d'abord à un commis où se trouvait l'article choisi, question d'endormir toute méfiance en partant. Des évidences, au fond, mais Jeanne ignorait tout du b.a.-ba de la vie dans la rue. Son adolescence avait été trop encadrée, sa débrouillardise naturelle s'était ankylosée. Elle remercia son inconnu, se dirigea vers une bouche de métro et sauta la barrière sans payer.

Le lendemain, elle s'éveilla à l'aube dans l'ombre d'un chêne, affamée et frigorifiée.

Élizabeth était perplexe. Elle tournait et retournait l'enveloppe dans ses mains, ne sachant trop quoi faire. Ça faisait bien cent fois qu'elle relisait l'en-tête et le nom du destinataire, mais elle ne comprenait pas plus. Qu'est-ce qu'une maison d'édition pouvait bien vouloir à sa fille ?

Elle écrasa d'un coup sec sa cigarette à demi consumée et alluma le feu sous la bouilloire. Ça l'intriguait trop. Elle avait bien remarqué que Jeanne passait ses journées à gribouiller dans des cahiers, mais jamais sa fille n'avait parlé d'un projet de livre. Elle aurait écrit quoi, de toute façon ? En y songeant, Élizabeth ressentit un certain malaise, qu'elle chassa du revers de la main. Elle décolla soigneusement l'enveloppe à la vapeur.

C'était bien un livre. Une certaine Louise Langlois écrivait à Jeanne que son équipe avait lu attentivement son manuscrit intitulé *Marie chez les Autres*, mais qu'ils avaient malheureusement le regret de ne pas le retenir. C'était qui, Marie ? Il n'y en avait aucune dans la famille. Élizabeth poussa un soupir de soulagement.

Le journal de Jeanne

Je pensais jamais qu'il pouvait faire si frette sur un autre continent. C'est l'horreur. On est en avril, quand même, il pourrait faire meilleur. Je pense que je vais essayer de me trouver du linge plus épais, ils vont retrouver mes restes gelés sous un buisson dans un parc, sinon. J'ai besoin d'un sac de couchage, d'un vrai chandail, d'une tuque. Au moins une affaire sur les trois. J'aurais dû mieux écouter ma mère qui me disait d'emporter des vrais bagages. C'est ben beau la simplicité, mais c'est pas assez chaud. J'aurais aussi dû faire plus attention à l'énergumène qui me jasait ça hier après-midi. Le gars était bourré de bonnes adresses, mais j'ai rien noté. Ma manie de penser que la Providence se pointe jamais d'avance. J'ai encore des affaires à comprendre.

Paris, c'est tout petit et c'est immense en même temps. C'est impressionnant, vraiment bien foutu. Ça a dû prendre un temps fou à construire, y'a des détails partout dans l'architecture. La tour Eiffel, par contre, est laide en tabarnac. On dirait un immense pylône d'Hydro-Québec dévoré par la rouille. En plein milieu d'une si belle ville, c'est dommage.

Des fois, ça sent les petits pieds pas propres, une vieille odeur de pourri qui flotte ou qui te rentre violemment dans les narines, surtout quand t'as le malheur de passer devant une fromagerie. C'est effrayant, j'en reviens pas que les Français mangent ça. Ils leur donnent de jolis noms, comme si ça pouvait atténuer l'horreur. Camembert, roquefort, emmental, reblochon, y'en a plein. Faut le faire pareil.

C'est beau, Paris, mais c'est quand même un peu lourd. On voit jamais loin, le ciel est pas toujours à portée de vue. Leur Seine, elle, est crampante. Un fleuve? Hahahaha! C'est un ruisseau, un charmant petit serpent d'eau qui sillonne la ville, qui ne sent pas très bon non plus mais qui donne l'impression de rafraîchir l'ambiance. Bizarre que dans les vieux romans, les poètes finissent par se jeter dedans. D'un bord, tu vois l'autre, tu la traverses à pied sans finir une phrase. La Seine, un fleuve? Franchement. Faut être motivé en estie pour se noyer là-dedans.

Une affreuse façade en verre et en construction défigurait l'entrée du Louvre, mais tout le plaisir se trouvait derrière les hauts murs de pierre, promettait Olivier en se frottant les mains. Il paya trois entrées, en râlant:

— Mais tu ne connais rien de Paris, petite!

Jeanne était vexée. Ce n'était pas parce qu'elle ne connaissait pas les musées qu'elle ignorait tout, elle était même certaine d'avoir visité des endroits où Olivier et sa copine n'avaient jamais mis les pieds. Mais c'était encore plus gênant, alors elle ne dit rien.

Le célèbre musée ne laissa pas Jeanne indifférente. Chaque tableau lui arracha un soupir d'ennui, chaque couloir, une grimace de lassitude ou un commentaire déplacé. Au bout de trente interminables minutes, elle renonça et sortit s'asseoir dehors, pour fumer une cigarette et attendre les deux autres.

— Non, non, restez, continuez la visite! exigea-t-elle de ses compagnons. Je me sentirais ben trop impolie, sinon.

Le couple la rejoignit une dizaine de minutes plus tard. Marguerite proposa d'aller s'empiffrer dans une crêperie.

Le journal de Jeanne

J'ai rencontré un drôle de couple. Elle s'appelle comme une fleur, et lui, il a un nom d'arbre. Marguerite et Olivier. C'est quand même original, plus poétique que Nancy et Steve ou Normande pis Robert. J'avais pas loin de deux cents francs ramassés en quêtage, je cherchais une vraie place où dormir. Ça sert à rien que j'économise, j'ai tout ce qu'il faut quand il faut. En tout cas. Je demande à un couple sur la rue s'ils connaissent pas une auberge dans le coin, pour le trip de dire: «Aubergiste! Un demi!», au moins une fois dans ma vie. Je voulais un vrai bon lit douillet, aussi. Mais c'est pas arrivé, le couple m'a invitée chez eux après trois minutes de jasette.

C'est spécial de voir un vieux couple qui a l'air de s'aimer et de s'admirer à ce point-là. Ils sont ensemble depuis six ans, mais ils ressemblent à une paire d'ados qui s'est rencontrée la semaine passée. Des faces d'émerveillés chaque fois qu'ils se regardent – pis ils se regardent tout le temps –, des mains dans les cheveux, des serrements de doigts, ils sont entortillés l'un dans l'autre. Y'ont pas d'enfants, y'en veulent pas; c'est peut-être ça, leur secret?

Avant d'aller à leur appartement, ils ont proposé une tournée au tabac du coin. Au tabac! Tu parles d'un mot pour dire une tabagie. Bref, le «tabac» *fait* bar aussi, pour parler comme eux autres. On s'est assis sur une terrasse, ils m'ont questionnée un peu. Je répondais pas trop, j'essayais de rester vague. Ils sont artistes tous les deux. Lui est sculpteur, elle est musicienne et ils sont allés une couple de fois à Montréal. Ils connaissent les Foufounes électriques, c'est comique. Je les imagine trop pas dans ce genre de jungle-là, sont ben trop vieux. Olivier doit avoir quarante ans, Marguerite, une petite trentaine. Mais même vieux, les deux sont beaux, ils ont l'air d'un couple d'acteurs amoureux. Pas le genre de monde qui se tient dans un trou de p'tits punks en mal de sensations sonores.

Je réponds pas trop à leurs questions parce que j'aime pas spécialement passer pour une attardée mentale. J'ose pas leur parler de mon livre non plus. J'imagine trop leur sourire bienveillant – hon c'est donc cute – et je veux pas entendre ça. Je suis pas à l'aise avec des gens trop intelligents. Je me sens niaiseuse, inculte, j'ai honte. C'est comme être au resto avec du monde qui mange des affaires weirdo, des huîtres, des escargots, du steak haché cru, des bébelles de même, pis que toi tu comprends juste le mot «macaroni» sur le menu.

J'aimerais bien aller voir Liverpool, la ville des Beatles. Je pourrais dire ça, je fais un pèlerinage, je suis sur la route de John Lennon. Ils me trouveraient peut-être plus normale. C'est vraiment le truc qui revient tout le temps, avec tout le monde sans exception : Où je vais ?

Je l'sais pas. C'est tellement pas important.

Mon couple de végétaux m'a emmenée dans un musée, en disant que c'était super connu. Les Français s'imaginent qu'on connaît tous les noms de leurs places par cœur. Le Louvre... Rarement visité une place aussi plate, y'a juste des tableaux partout, je comprends vraiment pas le trip de les regarder un après l'autre en faisant semblant de trouver ça spectaculaire et donc ben fantastique. C'est un gigantesque et interminable album photo de personnes que tu connais pas. Méchant party.

Là, je suis à nouveau seule dans la rue. Olivier et Marguerite m'ont invitée à rester plus longtemps, mais c'était fatigant à la longue d'être disponible et présentable tout le temps. La rue me demande moins d'efforts.

Jeanne faisait le tour des cafés et des petites brasseries, regardait le menu des déjeuners et finit par se décourager. «Pays de la gastronomie mon cul, c't'une gang de mangeux de pain.» Elle aurait bien rampé jusqu'en haut du Sacré-Cœur pour des œufs-tournés-patates-bacon servis avec du vrai café, du café liquide, pas leur espèce de sirop qui goûtait le pétrole mélangé à de la mélasse. Elle se rabattit sur un panier de brioches, qu'elle dévora.

Une fois l'addition réglée, elle jura intérieurement en constatant la taille des W.-C. Elle avait compté y faire un brin de toilette – se brosser les dents et se laver en vitesse – mais il lui aurait fallu la souplesse de l'homme-araignée. Elle se contenta de se rincer les mains et de remonter ses cheveux gras en chignon, ça faisait plus propre que sa tignasse emmêlée. Jeanne avait les cheveux qui lui descendaient jusqu'au milieu du dos, et son dernier shampoing remontait à Montréal, presque deux semaines auparavant.

En sortant du café, elle prit à droite. Par paresse. La rue descendait.

Le journal de Jeanne

Fuck, c'est vraiment poche. Je me rends compte que j'y croyais un peu, au fond. Je le voyais, mon nom écrit en grandes lettres sur une couverture en carton, je m'imaginais super bien lâcher mollement un « Ce que je fais ? Rien. Je suis écrivain… » Ça m'aurait impressionnée d'être quelque chose d'aussi grand.

J'ai honte. Veux-tu ben me dire ce qui m'a pris d'aller envoyer mon torchon à une maison d'édition pis d'aller en parler à Céline, en plus ? Maudit qu'elle va être contente de savoir que je vaux rien, que je suis juste une petite caissière de terminus. Mon Dieu, mon Dieu, qu'est-ce qui m'a pris ? C'était quoi, mon trip ? Je suis bien la fille de mon super père, une prétentieuse sans talent avec une grande yeule.

J'ai pas envie de pleurer parce que franchement, ça sert à rien, mais je me roulerais quand même en petite boule sur un sofa, si j'en avais un. C'est quand même triste, un rêve qui meurt.

— Anwèye, ma chienne, anwèye! hurla René Fournier. T'es capable, avaaaaance!

Blacky était à peine un museau derrière Champion, le meneur de la course. C'était l'avant-dernier tour de piste et René Fournier tremblait d'excitation, postillonnant généreusement et donnant de grandes claques sur la croupe du cheval imaginaire qui se déhanchait devant son petit siège en plastique rouge.

C'était son troisième pari de la matinée, et comme il avait perdu les deux premiers, il avait décidé de tout miser sur Blacky avant de retourner au travail, au volant de son taxi. Blacky n'était pas dans les favoris; s'il gagnait la course, ça rapporterait gros.

— Anwèye, tabarnac, t'es capable!

Les autres joueurs, éparpillés dans les estrades à moitié vides, l'ignoraient, concentrés sur la course de leur propre quadrupède. À cette heure matinale, la plupart étaient des hommes seuls; les couples et les familles débarqueraient plus tard. Blacky était maintenant nez à nez avec Champion.

René Fournier portait une chemise d'une propreté douteuse et un pantalon qui n'avait pas meilleure allure. Contre son habitude, il n'avait pas pris la peine de friser sa moustache ce matin-là, trop pressé d'aller récupérer ses pertes de la veille. Il avait bu son café en conduisant, pestant contre le trafic qui engorgeait le boulevard Décarie et contre sa loueuse qui s'était foulé une cheville et ne pouvait plus faire sa lessive.

— C'est ça, mon beau, c'est ça... murmura-t-il cette fois. Vas-y mon beau cheval.

Blacky, en prenant les devants, venait de reprendre son genre masculin et chevalin.

Quand le cheval tant chéri franchit la ligne d'arrivée, René Fournier ne contint plus son enthousiasme. Il fit voler sa casquette en l'air, la rattrapa, répéta le manège deux ou trois fois puis se dirigea, bouffi d'orgueil et de joie, vers le comptoir de l'hippodrome pour se faire payer ses gains. Cent quatre-vingts dollars.

À la sortie, il embarqua un client moins chanceux dans le stationnement, et ne put s'empêcher de le rendre encore plus malheureux en se vantant d'avoir empoché près de mille dollars. Le client le félicita mollement, mais René enchaîna : « C'est pas juste de la chance, si tu veux mon avis, ça prend du flair, mon chum ! Pis des contacts », ajouta-t-il d'un ton qui se voulait porteur de tous les secrets d'écuries.

À force de mentir, Fournier ne distinguait plus la réalité de ses inventions. Une fois exprimé, tout *devenait* vrai. Tellement que dans sa tête, il s'imagina pouvoir payer trois loyers en retard et éponger une ou deux vieilles dettes de jeu. Mille piasses, quand même, se répétait-il.

Son client reprit sa monnaie, ce qui amusa René.

«C'pas drôle, être pauvre de même.»

Fournier travailla quelques heures. Puis, vers le milieu de l'après-midi, il n'y tint plus et se rendit à la salle de billard qui camouflait un tripot dans l'arrière-boutique. Une heure de poker plus tard, tout était à refaire.

— Maudite malchance à marde, gémit-il. Elle va-t-y finir par me lâcher?

Le journal de Jeanne

Dans le fond, je m'en rendais pas compte, mais j'ai quand même voyagé pas mal quand j'étais petite. Les soixante-quinze mille déménagements, les mondes étranges de ma marraine, les visites des amis de mon père, ça faisait beaucoup de destinations. Rajoute le centre d'accueil pis l'ensemble de mes oncles en toile de fond, ça m'a promenée partout.

Je m'en serais peut-être passée dans le temps, mais asteure que c'est fait, c'est ben correct. Ça forge, comme qui dirait. Pis y'a quand même eu ma marraine dans tout ça, et elle, je la regrette vraiment pas. Il faut lui donner ça, la sœur de ma grand-mère est aussi enveloppante, divertissante et généreuse qu'elle embaume le parfum cheap; c'est vraiment dur à battre. Je pense souvent à elle quand je vais dans un nouvel endroit, ou plutôt je pense à comment je me sentais avec elle toutes ces fois où je l'ai accompagnée dans ses repaires inconnus et mystérieux, où tout le monde s'empressait de me saluer pour aussitôt m'ignorer. Ma marraine faisait des «affaires», j'ai jamais trop compris exactement lesquelles, mais c'était avec des hommes ou des femmes qui n'avaient rien de normal pour moi. Ça devait être à cause de leur allure ; mes parents avaient pas d'amis habillés tout en cuir avec des franges, les cheveux longs et la barbe sale.

Elle m'a beaucoup manqué quand j'étais enfermée au centre. Elle est pas venue me voir une seule fois. C'était pas une tragédie, les visites étaient interdites, mais elle aurait pu venir faire un tour chez ma mère quand ça adonnait que j'étais là. C'est jamais arrivé. Quand je l'ai retrouvée, par contre, après toutes ces années, je me suis jetée dans son parfum comme on plonge dans une piscine ou dans un lac. J'aurais voulu me noyer dans elle à ce moment-là. Ça me ressemble tellement pas. Je suppose que c'est son odeur, trop prenante, qui a connecté mon cerveau sur un temps ancien où je me jetais dans ses bras pour qu'elle m'emmène avec elle n'importe où mais ailleurs, loin de chez mes parents et de tous les autres.

J'aime ça écrire sur elle. Ça la fait vivre dans ma tête un petit moment, c'est toujours réconfortant. Je devrais lâcher mon père, un peu. Il me fait trop l'effet contraire.

Au fond, j'en suis revenue, c'est pas grave que je sois pas publiée. C'est mon histoire à moi après tout, quel intérêt pour les autres ? L'essentiel reste le bien que ça m'a fait, l'espace que ça m'a redonné à l'intérieur.

Je continue parce que ma famille, j'ai beau l'avoir laissée sur l'autre continent, je la sens encore dans ma gorge. J'ai pas terminé de la cracher. Je sais d'ailleurs pas pourquoi je parle autant de mon voyage, c'est un autre livre sur eux autres que j'écris, pas un road trip.

C'était la deuxième fois qu'il la voyait descendre la rue vers la plage. Il avait dû la rater quand elle était remontée. Il l'aurait vue, sinon ; il la trouvait trop mignonne avec sa grande jupe et sa musette en bandoulière. Exactement *le genre* en plus, trop facile. Elles étaient tellement idiotes, ces petites touristes en sandales à la recherche de l'univers et de leur petit moi, le défi de les voir sans leur culotte n'en était même plus un. Mais ça demeurait divertissant. Celle-là avait évidemment son drapeau à la con cousu sur son petit sac, ça compensait pour les chaussures informes qu'elle portait au lieu de sandales. Canada. Ce serait facile, ils parlent français, les Canadiens, se dit-il. Son flamand était aussi rudimentaire que son anglais.

Il était minuit, les rues d'Ostende commençaient à se vider vers les hôtels et la plage, il ne restait plus à Ahmar qu'à passer un coup de balai et une serpillière, et il pourrait rejoindre les oisifs qui le faisaient baver d'envie à longueur de journée. La vie était injuste. Il s'échinait toute la journée à servir, laver et faire des courbettes pour un salaire qui lui permettait à peine de payer sa chambrette et de se nourrir.

— Hé, Mademoiselle la Canadienne, on ne salue plus ses amis ? Excuse-moi, je me rappelle plus ton prénom... C'est pas Nadine, si ?

— Non, c'est Jeanne. On se connaît ?

— Oh ! Tu ne te souviens déjà plus de ton pote Ahmar ! Tu me fais de la peine, Jeanne, dit-il en éclatant de rire et en lui posant la main sur l'épaule.

Jeanne fit un mouvement pour se dérober, mais Ahmar maintenait sa poigne et elle n'osa plus reculer. C'était toujours le même problème, sa tête disait non, mais son corps ne l'écoutait pas.

— Et elle va où comme ça, la belle Jeanne ?

Répéter son prénom marchait à tout coup. Elle se sentait connue, la pauvre conne, se disait Ahmar, affichant un sourire d'une blancheur à rendre propre tout ce qui sortait de sa bouche.

Jeanne n'allait nulle part en particulier. Les gens avec qui elle avait passé la soirée étaient tous rentrés chez eux et personne ne l'avait invitée. La plage lui semblait un endroit possible où dormir, elle y avait vu des voyageurs et des clochards installés sur des cartons plus tôt dans la journée. Elle avait horreur du sable en guise de couche, mais n'avait pas de meilleur plan.

— Je sais pas trop. Je descends vers la plage.

— J'adore ton accent, tu sais ?

— Ben oui, je l'sais.

Ils discutèrent quelques minutes. Ahmar se disait étudiant. Il travaillait la nuit dans ce resto en attendant de devenir journaliste ou photoreporter. Il avait vingt-deux ans et ses parents tenaient à ce qu'il apprenne à gagner sa vie, ce qu'il trouvait un peu idiot vu qu'ils vivaient pratiquement dans un château, vers Paris. Jeanne était crédule, Ahmar en mettait beaucoup.

— Au fait, j'y pense, Jeanne. Je travaille toute la nuit, ma chambre est libre jusqu'à 7 heures demain matin. Je te la prête si tu veux. J'aime pas te savoir à la plage, c'est pas bien, c'est dangereux.

— Tu travailles toute la nuit? Mais ton resto est fermé... dit Jeanne.

Ahmar la rassura. Il avait le grand ménage de la cuisine à faire, ça lui prendrait toute la nuit. Il lui offrit de lui laisser les clefs et de la réveiller le lendemain avec des croissants et du café. Ahmar avait une pause dix minutes plus tard, il l'emmènerait. Le programme était parfait pour Jeanne, elle remercia chaleureusement son bon Samaritain.

Pourquoi se creuser la tête et inventer une nouvelle recette? Elle était marrante, cette Québécoise, avec son air juvénile et sa confiance d'enfant de quatre ans. Le Ciel aurait voulu lui envoyer une nana dans un papier cadeau qu'il ne s'y serait pas pris autrement.

Jeanne se posa sur un coin de table pour se rouler une cigarette. Ahmar passa son coup de balai et sa serpillière en vitesse, tout heureux de ce subit retournement de soirée. Il avait prévu rejoindre des potes, entourlouper une fille ou trois – c'était son meilleur score – jusqu'aux petites heures et reprendre le travail en fin d'après-midi. Il y avait belle lurette qu'il avait abandonné des études d'ailleurs à peine entamées, mais il s'était rendu compte que le mot « étudiant » plaisait bien à ces tartelettes et que s'ôter quelques années – il avait presque trente ans – n'était pas une mauvaise idée non plus.

Mais une heure plus tard, Ahmar descendait vers la plage en secouant la tête. « Oh putain quelle salope ! Oh putain la vache ! Oh putain, oh putain ! »

Il devait se trouver un endroit où passer la nuit, maintenant. C'était pas difficile, mais qu'allait-il raconter à ses potes ?

Le journal de Jeanne

C'est sûr que mes sœurs se ramasseraient pas dans des histoires pareilles, sont tellement peureuses. N'empêche, cette nuit je me suis demandé si elles étaient pas plus futées que moi, finalement.

Ahmar, je savais bien qu'il me bullshittait en me disant qu'on se connaissait, mais ça se pouvait qu'il travaille toute la nuit pis que son appartement soit vide. C'était pas im-pos-sible, je veux dire, quoi qu'on pense. Je suis pas si débile que ça. Pis de toute façon, j'ai eu raison. Hahahahaha! Il l'a été, vide, son appartement! Vide de lui en tout cas. J'ai rien piqué, je le jure. Je pique pu rien depuis longtemps.

Sa face de con quand il est parti. Non mais… Ça se peut-tu? Maudit cochon, j'aurais jamais pensé. Vingt-deux ans, étudiant, une famille riche, me semble que tu t'attends à quelqu'un de plus normal, estie. Moi qui voulais arrêter de sacrer…

On est partis du resto, et c'était vrai que sa chambre était juste au coin de la rue. Une chambre de gars, toute simple, pratique et assez propre. Pas de déco inutile, pas de verdure, pas de livres. Des vêtements, de la vaisselle, un jeu de cartes et une vieille télé. Un lit, ni trop large ni trop étroit. Tellement mieux que la plage, en effet. Moi, la tarte, j'étais tout emballée. Va falloir que je me rentre dans la tête que la planète tourne pas nécessairement autour de moi quand j'ai besoin de quelque chose.

— Merci vraiment, Ahmar. C'est vraiment cool de ta part, que je lui ai dit.

— C'est rien. Tu veux un thé, un verre, quelque chose ?

— Non, merci, bonsoir, on se voit demain, t'es vraiment gentil de m'aider…

Il y avait quelque chose en lui qui me mettait mal à l'aise, j'avais hâte qu'il parte. Son regard, peut-être ? Un regard gluant et fuyant de reptile qui verrait juste du laid partout, c'est difficile de décrire ça.

Ahmar était embêté que je veuille pas de thé ni jaser pis ça paraissait en maudit. Il avait l'air de vouloir prolonger sa pause, c'était une évidence. Ça me faisait rire par en dedans, mais je faisais semblant de rien. Je me suis servi un verre d'eau, je l'ai posé à côté de son lit et je lui ai demandé comment on faisait pour les clefs.

C'est là que j'ai été conne, j'avoue. J'aurais dû les prendre, je comptais être levée avant son arrivée, je suis mal à l'aise quand on me voit en chandail sans brassière. Je suis pas vite vite, des fois. Anyway. Il est reparti avec ses clefs, je me suis couchée et en moins de cinq minutes, je dormais comme un bébé.

La suite est facilement devinable. Asteure que j'y pense, c'était écrit sur le blanc de ses dents qu'il allait me faire chier. Mais mon Dieu que j'ai fait le saut pareil ! Je me suis réveillée d'un coup sec, lui en caleçon étendu en cuillère dans mon dos, l'outil au garde-à-vous accoté sur ma colonne vertébrale.

— Ah !!! Qu'est-ce que tu fous-là ? j'ai à moitié hurlé.

Monsieur a bafouillé qu'il avait une autre pause, que c'était pas prévu, et que bon, c'était son lit après tout.

Pfff. J'ai gentiment expliqué à cet étron que c'était chez lui dans un sens, mais que ça l'était pas dans l'autre, et que ça se faisait pas de faire ça. T'invites pas une fille en lui tendant un piège, ça marche pas de même. S'il m'avait dit qu'il reviendrait pendant la nuit, j'aurais jamais dit oui, ciboire !

Pour finir, il a voulu dormir par terre, mais j'ai tenu mon boutte et j'ai dit non. Je voulais être toute seule comme prévu, comme promis, comme il avait dit. Jusqu'à 7 heures du matin. J'avais pu confiance.

— Pis je garde les clefs, si ça te dérange pas trop. Je vais être réveillée, t'as juste à gratter, je lui ai dit avant qu'il parte.

Pauvre ti-pit. Il a pas dû comprendre le quart de ce que j'ai dit, mais il a catché l'essentiel, il s'est pas obstiné. Hahahahaha ! Je sais pas où il a dormi ni même s'il a dormi, mais je l'ai pas revu avant le lendemain. Pas de croissants ni de café mais j'ai pas poussé ma chance. Il était tout penaud, le con, il s'est excusé à plus finir et on aurait juré qu'il était sincèrement désolé.

En tout cas, j'ai super bien dormi. Vive la Providence !
Pis fuck les Arabes à marde. Je vais aller faire un tour à
Bruxelles, il doit y en avoir moins.

Kevin dirigeait les opérations. Il se glissa dans l'ombre et alla se poster sous la fenêtre la plus reculée. Jeanne pénétrait dans le vestibule au même moment, en saluant la réception mais sans s'arrêter. Kevin lui avait décrit l'endroit, elle devait se rendre directement au fond, tout droit, et monter comme une habituée. Il y avait tant de passage dans ces auberges de jeunesse, les employés ne pouvaient pas reconnaître tous les clients. Elle n'avait pas de sac, elle monta directement au premier dortoir, à l'étage.

La pièce était sombre et silencieuse. Quatre lits superposés se dressaient, laissant très peu d'espace pour circuler. Jeanne ouvrit la fenêtre, s'empara d'une couverture de laine et d'une couette multicolore et les balança d'un seul élan vers Kevin, qui attendait dans l'herbe. Le transfert prit moins d'une minute. En redescendant, elle croisa une fille dans l'escalier. Elle la salua. Sa voix ne tremblait pas.

Kevin avait déjà quitté le terrain de l'auberge, c'était convenu. Jeanne le rejoignit au coin de la première rue et ils prirent le chemin du stationnement. C'était là qu'ils avaient prévu passer la nuit.

Kevin se moqua de Jeanne.

— Pourquoi t'as pas piqué un beau duvet direct ?

— Je pouvais pas ! Les sacs de couchage, c'est du vol, sont à quelqu'un.

— Les sacs de couchage… T'es marrante avec ton parler. Et les couvertures, c'est pas du vol peut-être ?

— C'est moins pire, ça appartient à personne.

Le journal de Jeanne

Kevin. Tout un numéro, ce gars-là. Il vit dans la rue depuis un méchant boutte mais il a juste vingt ans. Dommage qu'il soit pas beau. Il est pas spécialement laid, mais il a le faciès du gars pauvre qui a rien devant lui sinon une tragédie. On dirait que c'est écrit dans le front, le destin. Ou dans les yeux. Kevin a les yeux bleus, mais c'est pas un bleu qui rappelle le ciel. C'est un bleu mauvais, froid, pas super intelligent. C'est un bleu épeurant. Peut-être un bleu épeuré. Il a l'air d'en avoir vu des vertes pis des pas fraîches, c'te pauvre enfant. C'est pas un enfant au sens de la loi, juste au sens de la vie.

Ça fait vieillir vite, la rue, mais pas de partout en même temps. On dirait qu'il y a des bouttes qui refusent obstinément de maturer, qui restent pognés, poqués. Une affaire de même. J'ai peut-être juste trop lu de *Reader's Digest*, aussi. C'est sur Kevin que je devrais écrire un livre, sa vie est ben plus fuckée que la mienne.

Kevin connaît tous les bons plans pour manger, dormir, faire le party. Je vais le suivre un bout de temps, je pense. Ça va me déniaiser un peu. J'ai pas envie de devenir sale comme une junkie.

C'est souvent compliqué de prendre une douche. Y'a plein de refuges et de trucs chrétiens pour les pauvres, ils nous passent une savonnette et une serviette, mais il y a tellement de monde, il manque toujours d'eau chaude. Souvent, il y a de la bouffe sur place. Des sandwiches, des plats chauds, des desserts aussi, de temps en temps. C'est pas mauvais. Kevin m'a emmenée dans un sous-sol d'église, ils m'ont donné un gros chandail de laine pis des bas chauds. C'est vraiment hot.

Près du stationnement, deux filles se serraient, assises sur un bloc de béton. Kevin, qui connaissait tout le monde mais pas ces deux filles-là, se dirigea directement vers elles. Jeanne le suivit.

La frisottée un peu timide s'appelait Didam, celle aux longs cheveux noirs et à l'air un peu plus dégourdi, Ruya. Des Turques.

— Salut.
— Salut.
— Vous faites quoi, là ?

C'est la dégourdie qui répondit à Kevin.

— On fait rien. On attend le matin.

La discussion s'engagea. Les filles étaient venues étudier le français avec la grande sœur de Didam, quatre mois auparavant. Des études payées par leurs parents. Les trois avaient partagé un appartement et fréquenté les mêmes cours jusqu'à cet après-midi. Ruya avait décidé d'abandonner, Didam l'avait suivie et la grande sœur s'était fâchée. Elles pouvaient retourner en Turquie, mais pas à leur logement. Il leur restait deux mois « d'études » payées par leurs parents, elles en profiteraient volontiers. Elles venaient toutes deux d'avoir dix-huit ans, mais Ruya faisait plus âgée.

À l'instar du joueur de flûte qui entraîne une suite de rats, Kevin mena ses protégées au fond du stationnement, dont une petite partie était protégée du ciel. De gros cartons épais apparurent de derrière une colonne et un grand lit fut installé en un rien de temps. Les couvertures de Jeanne et le « duvet » de Kevin furent étendus ; la couche était prête. Une dernière cigarette et le quatuor s'étendit, serré pour créer une onde de chaleur qui le garda endormi toute la nuit. L'odeur d'essence et de vieille huile à moteur n'incommodait personne.

Le lendemain matin, ils se partagèrent deux cigarettes pour le déjeuner, et Kevin reprit la direction de sa troupe. Les trois filles s'entendaient à merveille. Les Turques voulaient tout savoir de la Québécoise ; Jeanne voulut tout savoir des Turcs.

Le soleil mit tout le monde d'agréable humeur. Ils devaient bouger avant que le préposé du stationnement ne les chasse. C'était plus digne. Jeanne avait encore quelques francs qui lui restaient de la veille, les quatre nouveaux compagnons avalèrent deux cafés et autant de croissants chacun. « Remerciez plutôt la Belgique, dit Jeanne, c'est pas mon argent ! »

Kevin eut envie de fumer. Jeanne se proposa immédiatement et entraîna Ruya avec elle. De son sac, elle sortit son cahier à pancartes et écrivit : « À L'AIDE ! *Ask for details.* » Jeanne disait qu'en mode bilingue, elles récolteraient davantage.

Leur « kiosque » marcha à fond. Elles s'étaient assises avec l'affiche à leurs pieds, les gens affluaient, venaient s'inquiéter. Elles sortaient la menace du paternel turc, le lointain Canada, le prix élevé du bœuf en Belgique ; elles disaient n'importe quoi. Les dons pleuvaient, elles ne mirent pas plus d'une petite demi-heure pour pouvoir offrir non seulement une barrette de haschisch à Kevin, mais un bon lunch pour tous les quatre. Arrosé.

Didam se rembrunissait comme une pâte à crêpe dans laquelle on met du chocolat. La complicité naissante entre son amie et cette Canadienne sortie de nulle part lui faisait peur. Sans Ruya, le voyage n'était pas imaginable. C'était Ruya qui décidait de tout, Didam la suivait comme un chiot pas sevré et n'ayant aucune intention de l'être.

Kevin se montrait très fier de ses charmantes recrues. Il les présentait à toute « sa rue », se sentait plus homme que jamais. Protecteur. Sa posture s'en ressentait, il redressait un peu plus les épaules. Le menton aussi. Même ses yeux avaient un quelque chose de plus gentil. Enfin, de plus brillant.

Kevin avait grandi en banlieue de Bruxelles. Mère alcoolique, père inconnu, un parcours classique et banal. Deux ans après avoir abandonné l'école, il avait quitté le taudis familial. Il avait alors quatorze ans et se jugeait capable de se débrouiller seul. Kevin se vantait de n'avoir jamais eu ni emploi ni copine. Petits vols, emprunts, manche, il prétendait ignorer la faim. C'était pour les perdants, les gargouillis d'estomac et les histoires qui prennent la tête. Les filles l'écoutaient raconter, impressionnées. Kevin avait l'air d'avoir vécu cent vies.

Absorbé par une anecdote particulièrement croustillante, le quatuor ne prêta aucune attention à la camionnette qui s'arrêta juste devant eux. Quatre policiers en jaillirent, en mode peu amical. Pas de questions, pas de demande de papiers, Jeanne, Ruya, Didam et Kevin furent tout simplement embarqués.

Le ventre de Julie s'arrondissait doucement, mais le reste de son corps enflait grossièrement. Ses sœurs se moquaient :

— Pour moi, il va te sortir de la bouche, cet enfant-là, dit Nathalie.

— C'est drôle, moi je dirais plutôt qu'il va lui sortir du cul, ricana Chantal.

— Gnangnan, répondit simplement Julie. Vous pouvez ben parler...

Les trois sœurs, pour une rare fois, étaient heureuses de passer une soirée ensemble. Julie avait loué le film *Dirty Dancing*, Chantal avait apporté du pop-corn, et Nathalie, la plus âgée et la mieux payée, offrait la pizza qu'elles attendaient en badinant.

Elles étaient installées dans le petit salon de Julie. Une pièce propre et mal éclairée, mais décorée d'affiches laminées de Mordillo qui mettaient de la couleur et de la gaieté. Les fauteuils, achetés dans les sous-sols d'église par leur mère, étaient dépareillés mais confortables ; Julie les avait recouverts de draps en flanelle. Une planche posée sur des caisses de lait vides faisait office de petite table, en attendant de trouver mieux.

— Ton chum est pas là ? demanda Chantal.

—Y'est chez sa mère, pour faire changement. À se demander s'il est encore allaité! Il devrait arriver un moment donné pour se coucher. C'est pas mal tout ce qu'il fait icitte, dormir pis roter.

— Ça marche pas fort, votre affaire, dit Nathalie.

— Bof, ça va pas si pire, on s'endure. Au moins il me tape pas dessus.

— Ouain, vu de même...

Les trois sœurs se turent quelques minutes. Leurs parents s'étaient tellement battus avant de divorcer, c'était en effet une vraie bénédiction de tomber sur un gars tranquille. Julie avait de la chance.

— Je suis allée voir Pèpèye, hier soir, dit Nathalie en rompant le silence. Il a pris un sale coup de vieux, vous trouvez pas?

—Y'a de quoi vieillir vite, dit Chantal. Le malheur, ça rajeunit pas.

— C'est fou pareil qu'il soit aussi cochon, dit Julie. Moi, en tout cas, j'veux pu jamais le voir de ma vie. Il sera pas l'arrière-grand-père de mon bébé, c'pas vrai!

Depuis qu'elle attendait un enfant, Julie n'arrivait plus à passer outre et à pardonner à son grand-père. Elle ne le haïssait pas, mais son mépris était sans appel. Nathalie et Chantal étaient plus mitigées.

— Parlez donc pas de ça, dit Nathalie. C'est du passé, faut enterrer ça...

— Ouais, acquiesça Chantal, ça sert à rien de parler contre lui, c'était peut-être pas de sa faute...

— Pas de sa faute? explosa Julie. Tu penses vraiment que ses enfants le suppliaient de les enculer?

— My God que t'es vulgaire, dit Nathalie.

— Pfff! C'est moi qui est vulgaire? Pis lui, y'était quoi?

La sonnette d'entrée se fit entendre. La pizza arrivait avec un tel à-propos que Nathalie, d'un naturel pourtant radin, donna un large pourboire au livreur.

Une odeur de tomate et de fromage grillé emplit le petit appartement, chassant Raoul Hamelin de leurs pensées.

— Bon! On écoute le film, asteure?

Kevin fut relâché, mais les trois filles furent emmenées ensemble dans une grande cellule qui ne contenait aucun mobilier. Ruya faisait le tour de la petite salle en se rongeant les deux mains en même temps, et Didam s'était assise par terre dans un coin, prostrée. Jeanne, quant à elle, s'était allongée confortablement sur le plancher, la tête appuyée sur la main.

— Ils vont me renvoyer en Turquie. Ils vont téléphoner à mon père. Ma vie est finie, gémit Ruya.

— Voyons Ruya, dramatise pas… Ils ont sûrement des problèmes plus importants que nous autres, ils vont nous relâcher comme Kevin, c'est sûr. Très bientôt, même. Y'a même pas de couchettes, ils vont pas nous garder, ils peuvent pas nous faire dormir à terre. On n'est pas des chèvres, quand même…

Jeanne se fiait à ce qu'elle avait entendu ses oncles raconter. C'étaient de grands habitués, ils pouvaient décrire des cellules comme autant de chambres d'hôtel, des prisons comme autant de Clubs Med. Son oncle Alain, surtout, avait été le grand spécialiste de la famille. À l'écouter, il aurait payé pour ces séjours tout-inclus.

— Oh Jeanne, arrête de faire la fille qui sait tout et qui se fout de tout. Tu es canadienne, tu n'es pas turque. Tu ne peux pas comprendre…

— Ouain. On se commande à manger?

Sans Kevin, Jeanne prit naturellement les rênes du trio. Elle frappa au carreau, s'entretint un instant avec le gardien, cita des droits qu'elle jugeait internationaux et, en moins de dix minutes, les filles purent se restaurer. Des sandwiches, du yogourt, du jus et de la salade de féculents. Comme dans un avion.

Enfin, le trio fut convoqué dans une salle d'interrogatoire. On informa les jeunes voyageuses qu'il était interdit de mendier et d'obstruer la voie publique, mais que les charges contre elles ne seraient pas retenues, vu que c'était une première infraction. La prochaine fois serait plus *problématique*.

Elles furent relâchées, calmes et repues. Kevin les attendait.

Le journal de Jeanne

Une seconde, j'avoue que j'ai eu peur en crisse. La police ? Ça m'a fait penser à mon idée de génie, quand j'avais quatorze ans. Partir avec deux uniformes pis me retrouver enfermée trois ans et demi comme une cave. Mais des policiers belges, ça fait pas le même effet, leur air bête a pas l'air sérieux, leur accent est pas très impressionnant. Je m'attendais quasiment à ce que Louis de Funès s'enfarge dans un couloir, devant nous autres.

J'ai une sorte de nouvelle amie. Elle s'appelle Ruya. Elle est turque mais elle est cool. Un peu peureuse des fois, mais j'en connais des pires. On sort pas du même monde, je serais sûrement aussi chicken qu'elle si je venais de sa planète. Sa chum Didam a pas l'air de m'aimer trop trop, je sais pas pourquoi. Ça fait que je l'aime pas moi non plus. Dans le fond, je dis « amie », mais c'est pas tout à fait ça. Je lui raconte pas grand-chose, à Ruya. Je lui ai jamais parlé de ma famille, je lui ai jamais dit un mot sur le centre d'accueil. Elle a l'air de me trouver cool et intéressante, je préfère que ça reste comme ça. Ça sert à quoi de se salir quand c'est pas nécessaire ?

Ça a pas l'air facile, être jeune en Turquie. Ruya parle de son père comme d'une sorte de furieux qui a tous les pouvoirs. Elle s'en rend pas compte, mais elle baisse les yeux chaque fois qu'elle parle de lui. C'est fascinant. C'est bizarre, je crois tout ce qu'elle dit même si on jurerait que ça se peut pas. Elle a pas le droit de se maquiller, pas le droit de jupe courte, pas le droit de sortir avec un gars toute seule, même au cinéma. Je me maquille jamais pis j'aime juste les jupes longues, mais il me semble que si j'avais pas de droits, je me beurrerais la face autant que ma marraine pis je me promènerais en petites culottes dehors, juste pour montrer c'est qui le boss de ma vie pis de mes fesses.

Je trouve ça fou d'imaginer un père qui déciderait de tout à ce point-là. Le mien choisissait juste ce que je devais manger pour souper pis ça me rendait hystérique. Elle exagère peut-être un peu, Ruya. Son père lui paye quand même des cours en Europe. Il doit pas être aussi contrôlant qu'elle le dit.

«Se faire des amis». Quelle expression étrange, quand on y pense. On se fait rien pantoute, les gens passent. Y'en a qui restent, mais les plus l'fun déguerpissent, ils vont triper ailleurs. Sauf des fois. Des fois, c'est moi qui pars. Comme maintenant. Fait ben trop frette en Belgique, c'est rebutant.

Jeanne se balançait d'un pied sur l'autre en se mordant la lèvre inférieure, les mains nouées derrière le dos, ne sachant quoi faire de son corps pour lui donner un air naturel. Ruya et Kevin lui avaient organisé une surprise pour son départ. Un déjeuner spécial, composé des meilleurs croissants de tout Bruxelles (avait assuré Kevin) et accompagné d'un café digne de la Turquie (avait promis Ruya). Pour le café, Jeanne réserva son avis, mais les croissants étaient réellement excellents. Didam s'était éclipsée, prétextant un «rendez-vous» – personne n'était dupe – avec sa sœur. Elle avait mollement dit au revoir à Jeanne, en lui souhaitant bonne chance pour la suite.

Kevin sortit une bouteille de mousseux de son sac en faisant des grands gestes de magicien.

— Champagne pour mademoiselle, dit-il en essayant de prendre un accent québécois. Ça sonnait comme «champègne» et «mademwézelle», il ne l'avait pas du tout, mais Jeanne le trouvait très drôle.

— Très cher ami, vous m'honorez, répliqua-t-elle à la française.

Une demi-heure plus tard, le trio se fit la bise et Jeanne reprit la route.

Le journal de Jeanne

Même si je possédais des millions, je continuerais de faire du pouce. Le train, c'est fiable et confortable, mais c'est plate. Les autobus, on en parle pas, aussi bien s'enfermer dans une boîte de Smarties pis se faire shipper par bateau, c'est à peu près la même sensation. Sur le pouce, les chars qui s'arrêtent sont comme des biscuits chinois. Tant que t'as pas ouvert la portière, t'as aucune idée de ce qui se cache à l'intérieur. Ça matche avec mon trip de vie de rien prévoir et de laisser aller les choses. C'est juste arrivé deux fois que j'embarque pas avec quelqu'un. Pas de raison précise, juste un mauvais feeling, mon instinct qui me hurlait de reculer. Invérifiable, évidemment, mais qui a besoin de s'assurer qu'il va se faire attaquer pour vrai ?

La plupart des gens qui m'embarquent le font par ennui ou par gentillesse. Il y en a qui rendent la pareille en se rappelant leur vie d'étudiant, d'autres qui ont la manie de rendre service imprégnée dans les tripes, d'autres encore qui sont tout simplement curieux. Et bien entendu, il y a les incontournables cochons qui s'imaginent qu'une fille qui montre son pouce est forcément une pute. J'imagine que dans le lot, y'en a des dangereux, mais on dirait que je me sens pas visée. C'est peut-être niaiseux, mais c'est plus fort que moi, je suis convaincue que personne pourra jamais me violer ou m'attaquer. Ma grand-mère serait pas d'accord, c'est clair, mais ma p'tite Mèmèye a peur de son ombre même quand elle bouge pas.

L'autre jour, y a un Suédois qui m'a payé quasiment dix piasses pour que je le regarde se crosser avec une petite culotte en dentelle. Il traînait ça dans sa boîte à gants, pis il se frottait avec en gémissant. Je pensais pas que les Suédois étaient de même, je les aurais imaginés plus civilisés. Faut être fucké pareil, je serais gênée à leur place. En tout cas j'ai été conne, j'aurais dû lui demander plus. Sont riches, il paraît.

C'est quand même démoralisant de tomber sur cette race-là, la race de ceux qui se montrent la queue comme ils te feraient signe de la main. Ils font plus pitié qu'autre chose, ça doit pas être drôle d'être aussi dégénéré. Y'en avait plein à Montréal aussi, c'est pas le premier pathétique sur qui je tombe. Avant, je débarquais vite. Mais des fois, t'es pressée pis t'as besoin d'un lift, tu laisses juste faire. Sont twistés mais sont pas dangereux. Est-ce que mon père ou un de mes oncles fait ça, se flasher la graine devant de jeunes inconnues ? Autant pas y réfléchir, le risque de nausée est élevé. Mon grand-père au moins, c'est sûr que non, il a jamais conduit de char de sa vie.

Johan Dubreuil rentrait pour un long week-end chez ses parents, à Avignon. Il roulait vite, mais il aperçut Jeanne de loin et eut le temps de s'arrêter.

— Avignon, comme dans la chanson ? Avec le pont pis les danses en rond ? demanda Jeanne.

— Euh…

— Il y a un vrai pont, à Avignon, je veux dire ? reprit-elle en soignant sa prononciation.

Johan lui raconta le Palais des Papes, les signaux de fumée et un peu de l'histoire de la ville. Jeanne voulut y aller. C'était beaucoup plus loin que le «Lyon» inscrit sur sa pancarte, mais ça n'avait pas d'importance. Johan avait dix-neuf ans, étudiait en génie civil, et surtout Jeanne le trouvait particulièrement agréable à regarder. Une belle peau, de longs cils, un menton presque imberbe. Elle avait aussi noté la hauteur de ses genoux, il était très grand.

Jeanne avait quitté Kevin et Ruya quelques jours plus tôt, et déjà la vie les chassait de sa tête. Ce fut sa dernière pensée pour eux.

Son beau conducteur parlait bien et savait se montrer très drôle. «Yo-Anne», tu parles d'un nom weirdo pour un gars, se disait Jeanne. Mais pour le reste, il lui plaisait clairement. C'était du reste assez réciproque.

— T'as un endroit où aller à Avignon ? Tu viens chez mes parents, sinon. Ce serait sympa, t'aimerais assez, je crois…

Le journal de Jeanne

C'est pas obligatoire de suivre une direction jusqu'au bout, surtout si elle est dictée par notre seule idée. Qu'on le veuille ou pas, on est assez limités, je m'en rends compte cent fois par jour. Bref, je zigzague au lieu de me faire un bel itinéraire pis je m'en fous. C'est comme ça que j'ai rencontré un Johan, en route vers Lyon où j'aurai finalement jamais mis les pieds. Beau de même, tu dis pas non, tu pousses jusqu'à Avignon. La route était cool, on s'apprenait nos accents pis on riait comme des malades. Mais autant j'étais à l'aise avec lui dans sa *caisse* (j'apprends plein de nouveaux mots), autant j'ai figé quand on s'est parqués devant la maison de ses parents. C'était pas une maison, premièrement, c'était un château. Des murs de pierre, un immense jardin, une barrière en fer forgé. Tu peux pas être une petite famille d'humains pis vivre là-dedans, c'est pas un format familial normal. Pour tout dire, je voulais pu débarquer.

Mais il a bien fallu, et ça a pas pris dix secondes qu'une madame habillée en duchesse sexy est accourue pour embrasser mon Johan. Wow! J'aimerais ça avoir une mère belle de même! Elle était même pas maquillée ni rien, elle était belle au naturel, comme si la vie lui glissait dessus pour la polir au lieu de l'user. Je sais pas ce qu'ils mangent, les gens d'Avignon, mais ça doit être bon pour la santé. En fait, c'est pas vrai, je le sais pis c'est pas si bon que ça. De la ratatouille qu'ils appellent ça... Une sorte de bouette de légumes trop cuits, c'était tellement dégueulasse, ça m'a tout pris pour finir mon assiette. J'aurais dû gaspiller, d'ailleurs, ça aurait été moins impoli que mon «NON!» retentissant quand la mère de Johan a voulu me resservir. Pas ma faute, c'est sorti tout seul. Un cri du ventre.

Son père disait pas un mot, ça m'a mise un peu mal à l'aise. Il m'a juste demandé ce que je faisais dans la vie, j'ai dit que je faisais rien de spécial et ce fut tout, il m'a pu posé une seule question. Câlisse, je pouvais quand même pas m'inventer une existence de princesse avec le linge que j'avais sur le dos. Jamais j'ai eu aussi hâte de sortir de table, ce qui tombait très mal : ils sortent jamais de leur salle à manger, ces gens-là. On a dû rester quatre heures assis à parler de rien et à boire du vin.

Johan... J'ai bien vu qu'il voulait qu'on se rapproche. Ça paraît, ces affaires-là. Mais il était aussi gêné que moi, il doit avoir la même peur de se faire dire non. Le grand oui que j'avais d'écrit dans le front a rien changé, il a pas osé. Deux idiots seuls dans un salon, ça donne décidément rien d'intelligent. Moi, tout ce que j'arrive à faire, c'est lancer des signaux. Des regards appuyés, ce genre de niaiseries. Toucher un peu aussi; un bras ou une épaule en finissant une phrase, l'air de rien. Jamais je touche de main, par contre. Je sais pas trop pourquoi. C'est peut-être trop intime, une grappe de doigts?

Dommage que le courage ne s'achète pas en boîte comme des Cracker Jack. J'en achèterais une caisse, un truck, un container, je boufferais tout pis je ferais tout ce que je veux. Provoquer un oui, ne plus craindre un non. J'en demande pas tant, ça a l'air facile pour tellement de monde.

Je devrais le rappeler ou lui écrire, mais je sais bien que je ne le ferai pas. Tant pis pour moi. Il faut que j'arrête d'y penser. Johan m'a débarquée sur une bretelle d'autoroute, c'est fini, je le reverrai pu.

Élizabeth composa soigneusement six chiffres sur son cadran à roulette, hésita pour le septième, puis raccrocha. Ça faisait une heure qu'elle essayait de téléphoner aux Éditions Montagne Noire. Son pouce gauche saignait un peu à l'encoignure, elle le rongeait trop intensément. Il fallait qu'elle se décide.

La mère était partagée entre une certaine admiration pour sa fille qui se permettait de rêver – quitte à rêver en couleurs – et une inquiétude sourde, mais bien présente. Cette *Marie chez les Autres* l'intriguait, la préoccupait, la fatiguait. La réponse de Jeanne ne tenait pas debout ; ça avait paru dans sa voix, qu'elle inventait à mesure. « Oh, c'est juste l'histoire d'une fille perdue qui se cherche une nouvelle famille. Une fille noire qui s'est fait adopter par des Chinois. » Élizabeth en connaissait peu sur les Chinois, mais elle était à peu près certaine qu'ils n'adoptaient pas d'enfants. Cette pensée la décida. Elle décrocha le combiné et signala le numéro au complet.

— Les Éditions Montagne-Noire, bonjour ?
— Bonjour, je m'appelle Jeanne Fournier. J'ai reçu votre lettre…

Quand elle raccrocha, Élizabeth était fébrile. C'était entendu, elle passerait à la maison d'édition le lendemain pour récupérer le manuscrit.

À Nice, une bonne partie de la plage est protégée de la pluie et des passants par un long trottoir qui l'enjambe et l'ombrage. C'est pratique pour les voyageurs sans hôtel.

Il pleuvait ce jour-là. Ils étaient cinq à jouer aux cartes et à boire du vin rouge quand Jeanne débarqua avec sa musette et son air de petite poupée trempée. Mal à l'aise, elle alla se poser seule sur le mur du fond, fourragea dans son sac et se mit à écrire. Elle levait la tête de temps en temps, fixait la mer un moment, puis retournait à sa plume.

Le soir tomba. Jeanne commençait à avoir faim et à se sentir incongrue, seule avec son sac et son cahier. Elle se décida à aller parler aux joueurs, des Strasbourgeois à l'accent tellement prononcé que Jeanne les avait d'abord pris pour des truands de films français, de sales personnages amoraux et répugnants. À force d'écouter leurs propos, elle avait dû admettre qu'ils étaient plus rigolos que menaçants.

— Bonjour! Vous savez si on a le droit de dormir ici, sur la plage? demanda-t-elle.

— Bonsoir, mademoiselle. On est canadienne?

Betty, dix-sept ans, était la seule fille de la petite troupe. La seule mineure aussi. Les quatre autres étaient plus âgés ; Jean-Pierre avait vingt-neuf ans. Une bande de voleurs, mais c'était Jean-Pierre l'expert. Enfin, selon son point de vue. Il avait plus d'expérience, mais il sortait de prison, d'un deuxième court séjour. Il n'était pas si bon qu'il le prétendait.

Les cinq avaient des airs de frères et sœurs. On aurait dit qu'un cinéaste venait de donner l'ordre de les habiller en clochards pour une scène misérable dans le fond d'une ruelle, mais qu'il n'y avait qu'une taille de costumes disponible.

Jeanne les amusait. Ses questions naïves et son émerveillement devant leur *trousseau* de fortune les métamorphosaient en de véritables aventuriers ; c'était rafraîchissant, ça changeait de l'image de paumés qu'ils projetaient le plus souvent. Ils l'adoptèrent en moins d'une heure.

Il leur arrivait de parler très vite entre eux, Jeanne ne suivait pas tout. Une fois qu'ils ralentirent exagérément leur débit pour bien se faire comprendre, elle fut surprise d'apprendre qu'elle était *chargée de mission* pour le vin ce soir-là, avec Jean-Pierre. Ce serait son initiation. Elle n'avait pas grand-chose à faire sinon distraire le commis avec des questions pendant que son nouveau mentor s'emparerait de quelques bouteilles. « Avec c'te putain d'accent, il va rien voir, le con. » C'était le plan. Les autres iraient « faire les bateaux ».

Élizabeth avait hésité plusieurs jours avant de commencer à lire le manuscrit de sa fille. C'est une chanson qui la décida. *Où est allé tout ce monde, qui avait quelque chose à raconter ? On a mis quelqu'un au monde, on devrait peut-être l'écouter...* répétait Harmonium en boucle à la radio. Entre deux *tilididam*, Élizabeth attaqua la première page.

Au fil de sa lecture, la mère de Jeanne reconnut son ancien mari. L'homme que Jeanne dépeignait se mordait la langue en sandwich quand il était fâché, se frisait les moustaches comme un pacha, mentait comme un abruti. C'était bien lui. Elle recula de quelques pages, puis reprit sa lecture depuis le début. C'était donc elle, cette jeune fille belle et effrontée des premiers passages. Élizabeth ne s'était pas reconnue. L'image que se faisait sa fille de son passé l'attendrit, lui fit revivre des émotions anciennes qu'elle aurait cru oubliées. Elle n'était pas si jolie et fraîche que Jeanne le prétendait, mais c'était vrai qu'elle avait rêvé d'une autre vie avant de devenir adulte.

Sa fille écrivait mal, Élizabeth était surprise. Ça sonnait trop comme on parlait, ses devoirs scolaires étaient bien mieux rédigés. Cela ne l'empêcha pas de plonger le temps d'une centaine de pages, absorbée au point d'en négliger de s'allumer des cigarettes. Au chapitre de Jeanne entrant en centre d'accueil, Élizabeth prit une grande inspiration, posa le manuscrit et décida qu'elle n'était pas «prête». Elle sortit prendre l'air, avec sa voiture.

Elle conduisit machinalement pendant quelque temps, puis se retrouva devant chez sa tante Georgette sans y avoir réfléchi. Elle avait besoin de parler. Elle sonna et entra sans attendre, c'était déverrouillé. La marraine de Jeanne avait horreur des clés et de la moindre impression d'être enfermée. Du fond de la cuisine, Georgette entendit sa nièce et se précipita à sa rencontre comme si elle ne l'avait pas vue depuis sa naissance.

— Ha ben si c'est pas ma belle Lizon! Rentre, rentre... Hey! D'la belle visite de même... Rentre Lizon, rentre!

Qu'Élizabeth soit déjà à moitié dans le salon ne changeait rien aux salutations toujours identiques de Georgette. «Rentre, rentre...» C'était son mot de bienvenue, celui qu'on imitait quand on se moquait de ses manières.

— Écoute-moé ben ça, commença Georgette alors qu'Élizabeth s'assoyait à peine. Ah attends, veux-tu une bonne tasse de thé avant, ma belle Lizon?

— T'es fine, je dirais pas non, Matante...

— Tu me croiras pas, reprit Georgette en s'installant dans un fauteuil. Pas plus tard qu'avant-hier, j'étais su'a rue Saint-Laurent avec ma plus vieille, pis devine sur qui on a failli s'enfarger?

Élizabeth ne l'écoutait pas. Elle pensait à la tasse de thé qui l'aurait un peu réchauffée, au manuscrit qu'elle venait de poser, à sa fille perdue sur un autre continent. Jeanne l'avait bien imitée, la marraine, dans son livre. Un vrai petit baril trop parfumé qui n'arrêtait jamais de caqueter.

— Ben voyons ma Lizon, t'es où pour l'amour ? Tu m'écoutes pas pantoute, mauzusse...

— Excuse-moé, Matante. J'tais dans'lune.

— Quessé qui s'passe, donc ? Conte-moé toute ça...

Georgette ne supportait pas le silence et parlait avant tout pour meubler le vide. Il suffisait de lui couper la parole pour qu'elle cède généreusement son attention. Le seul hic, c'est qu'il fallait parfois attendre longtemps avant de trouver un trou où placer un mot, la marraine ne respirant pas régulièrement.

— Tu viendrais-tu avec moi à l'oratoire Saint-Joseph, Matante ? Me semble que ça me ferait du bien.

— En char ? s'assura la marraine. Mes jambes sont pu ben bonnes pour autant d'escaliers...

Élizabeth sourit, et à peine une vingtaine de minutes plus tard, la tante et la nièce s'agenouillaient et allumaient un cierge.

Georgette avait besoin de renouveler sa garde-robe et en avait assez de manger du baloney ou du steak haché. Elle priait pour gagner à la loterie. Ça devait être au-dessus de la millième fois qu'elle Lui faisait la même prière, Il allait bien finir par l'entendre et l'exaucer. Georgette était une femme vive, mais très patiente.

Élizabeth de son côté voulait que le Tout-Puissant lui dicte quoi dire à sa fille et comment gérer cette histoire de livre. Ça sentait le pourri à son avis. Il lui en restait les deux tiers à lire. «C'est-tu possible de juste la faire revenir ben vite, au moins, mon Dieu?», implora-t-elle les yeux clos en se mordant les lèvres d'une seule bouchée.

— On va-t-y manger un bon hot-dog quelque part? finit par demander Georgette.

Le journal de Jeanne

J'ai rencontré du monde trop... indispensable. Je sais pas ça fait combien de temps qu'ils sont dans la rue, mais ça dépasse Kevin, c'est sûr. À cause du maudit Arabe, je préfère recommencer à coucher dehors. C'est plus safe et en plus, c'est mille fois plus l'fun.

On se nourrit comme des princes ou pas loin, on mange la même chose que les riches sur les bateaux de croisière parqués au port. Le bon plan! Lucas, le plus jeune de la gang après Betty, connaît tous les valets. On y va le soir, vers 9 heures, et ils nous garrochent des restants par-dessus bord, bien enveloppés dans du papier d'aluminium. J'ai mangé du mouton! Ma Mèmèye y croirait pas. Le pire, c'est que c'est super bon.

Le jour, on niaise sur la plage ou sur la Promenade des Anglais. On va en ville seulement quand il fait pas trop chaud et en fin d'après-midi, on fait l'épicerie. Des bouteilles surtout, mais aussi des charcuteries et du fromage, pour le soir quand tout est fermé et qu'on a faim. Les vols, j'ose pas trop. J'aimerais ça avoir autant de front qu'eux, mais je suis trop poche, j'y arrive pas. Ils sont fins, ils se servent quand même de moi pour ce que je sais faire : passer pour une tarte un peu perdue, attirer l'attention. C'est vraiment spécial, j'ai l'impression de faire partie d'une équipe même s'ils pourraient facilement se passer de moi.

Betty est la petite sœur de Jean-Pierre. J'aurais dû m'en douter, il est tout le temps sur son dos en train de la critiquer. Elle est plus jeune que moi mais on dirait jamais, elle est tellement plus dégourdie. J'aimerais ça devenir un peu comme elle. Elle est pas spécialement intéressante, elle parle mal, raconte tout croche, et rit de ses propres jokes, mais Seigneur qu'elle l'a l'affaire pour s'organiser sur une plage. C'est vraiment elle qui s'occupe des quatre gars. On lave la vaisselle dans l'eau de mer, ça assaisonne en avance, qu'elle dit. Elle a récupéré des bouteilles d'eau vides en plastique, les a coupées sur la longueur pour faire des assiettes. Faut y penser pareil. J'ai jamais des bonnes idées de même, moi.

Betty, elle serait belle si c'était pas de son nez. Elle a de beaux grands yeux vifs et bruns, une bouche en forme d'annonce de Cherry Blossom, un teint rose et un menton assez mignon, mais son nez gâche tout. Il est trop long et surtout, il finit comme une paire de fesses, avec une grosse craque au milieu, à se demander si elle pète au lieu d'éternuer. C'est dommage, on dirait que le peintre qui l'a dessinée s'est enfargé au dernier coup de pinceau.

Quand j'ai rien à faire, je m'écrase dans le sable et je regarde la mer, surtout le soir quand y'a pas les milliards de touristes étendus comme des crottes de chat dans une litière géante. Ça crie, ça rit, ça écoute de la musique insignifiante sur des speakers gricheux, ils arrivent à enterrer le bruit des vagues, à réduire l'univers à un gros party huileux qui hurle dans toutes les langues. C'est spécial dix minutes, mais ça devient vite désagréable.

Le jour, j'ai vraiment chaud à cause du soleil, de mes manches longues et de mes cheveux dans la face. Betty m'a offert d'aller me piquer un bikini, mais non merci, je trouve ça déjà assez dégueu de voir tous ces culs à l'air qui se cachent juste la craque, je vais pas rajouter le mien. Même un costume une pièce, j'y arriverais pas ; je me sens trop vulnérable quand je suis déshabillée, j'ai besoin de tissu entre le monde pis moi.

Hier, c'était dimanche, il fallait que j'appelle ma mère. J'étais gênée. Y'a juste les enfants qui appellent leur mère. Le dimanche en plus, ça fait carrément pathétique, je me suis sentie vraiment ridicule. Pour sauver la face, j'ai dit à ma gang que j'avais ma sœur qui était enceinte et qu'elle allait mal, que je devais prendre de ses nouvelles. C'est juste une moitié de mensonge après tout, ma sœur Julie est enceinte pour vrai. Je veux pas que mes amis me prennent pour un bébé et se débarrassent de moi. Ils s'en vont bientôt, je veux qu'ils m'emmènent avec eux. Je veux devenir comme eux. C'est trop cool de vivre au bord de la mer.

La mer. Je suis devant, justement. Je regarde les vagues, fortes et féroces, et ça me remplit de plénitude.

Ciel qu'on se sent tout petit devant pareille immensité, mon Dieu que nos petits problèmes paraissent insignifiants à côté d'une régularité aussi immuable. J'essaie d'imaginer ma famille, de l'autre côté. C'est pas évident. Y'a trop de poissons entre nous, je suppose.

Le contrôleur parut. Jean-Pierre se fit le porte-parole des six, en déployant tout son charme et ses vêtements ajustés. Ils n'avaient pas de tickets, mais allaient travailler à Biarritz. Il fallait se montrer compréhensif et faire un geste.

Pour mettre fin au baratin, le contrôleur distribua six contraventions et le trajet se poursuivit sans autre anicroche. Jean-Pierre était très fier de ses qualités de communicateur. « Sans moi, les enfants, on serait sur le quai à attendre le prochain train. » C'était le plus âgé, il avait le droit de dire « les enfants ».

La plage de Biarritz n'était pas couverte comme à Nice, l'idée d'y planter un camp n'était pas envisageable. Le petit groupe décida de s'éloigner du centre pour trouver un endroit retiré où squatter, loin des regards mais près de la population. On ne mangerait pas des chiens et des orties, disait Jean-Pierre.

Un ancien chantier militaire, une sorte de bunker abandonné et délabré, se dressait aux abords d'un site en construction. Pas de portes ni de fenêtres, pas d'accès à l'eau, mais le bâtiment était divisé en suffisamment de pièces pour que chacun ait sa *chambre*. Sans toit. Un bel endroit.

Chacun s'installa, ce qui se résuma à poser son sac dans une pièce ou une autre. Jean-Pierre mit le sien dans la chambre de Jeanne. Elle joua la surprise, «oh je suis désolée», s'empara de ses affaires et s'empressa de les déposer dans une autre pièce libre. Le message passa.

Les deux plus jeunes garçons étaient affectés au département de «l'hydratation». Ils revinrent quinze minutes plus tard avec une petite bouteille d'eau et deux litres de vin rouge. Le chantier d'à côté, expliquèrent-ils, était en fonction. Il devait juste être fermé ce jour-là, ils n'y avaient vu personne. Les bouteilles de vin furent vite sifflées, la bouteille d'eau, dédaignée. Jean-Pierre proposa de repartir à l'assaut. Deux bouteilles, c'était peu pour un si vaste chantier, il y en avait sûrement davantage.

Le petit bureau situé près des grilles de l'entrée ne contenait pour tout mobilier qu'une table, une chaise et un grand casier. Sur la table traînaient de la paperasse, des bonbonnes de peinture en aérosol et un Minitel. Lucas arracha l'appareil de ses fils et le mit dans son sac, Jeanne remplit le sien avec la peinture. Pendant ce temps, Jean-Pierre forçait l'armoire sans effort, et bientôt parurent plus d'une vingtaine de bouteilles. Vin, gin, vodka, pastis, liqueur, il y en avait de toutes les couleurs et de tous les formats. Le pillage fut rapide. Ils étaient six, ils emportèrent tout sans se retourner. Ils ne virent pas le visage de l'homme qui les observait.

La voiture freina sec. Un jeune conducteur en émergea et se précipita vers Jeanne, assise seule à côté d'un buisson. Elle se releva difficilement. Il y avait peu de passage sur cette route, elle s'était assise pour ne pas tomber. Pas de pancarte cette fois, elle levait seulement le pouce mollement quand elle entendait le bruit d'un moteur. Elle avait trop bu.

Le conducteur s'inquiéta tout de suite de ses mains. Que s'était-il passé, était-elle blessée ? Jeanne rit.

— Ben non, c'est juste de la peinture.

Jeanne avait quitté sa troupe sans un mot, pour aller se balader autour. Elle avait besoin de se retrouver seule. Elle adorait ses nouveaux amis, mais l'alcool lui avait donné envie de fuir le bruit et la promiscuité. Le bunker était fraîchement repeint : des citations et des dessins. Ce n'était pas particulièrement esthétique, mais ça avait été très salissant.

— Tu connais un peu Biarritz ? demanda le Samaritain de passage.

— Non. Pas pantoute. Jeanne rit encore.

— Je t'emmène faire un tour ?

Jeanne monta à bord, enthousiaste. Le conducteur avait l'air gentil et surtout, elle était excitée par l'envie de s'éloigner. Il s'appelait Christophe. La petite vingtaine. Il travaillait dans l'hôtellerie et vivait chez sa tante. Il proposa à Jeanne d'aller manger du canard dans un petit restaurant près de la plage. Elle accepta avec un grand sourire, mais se montra médusée quand les plats leur furent servis.

— Seigneur! Y'est tout rouge.
— ???
— Mon canard, c'est bizarre, il est tout rouge. C'est pas supposé être blanc?
— Blanc?
— Ben... blanc comme du poulet, cuit, je sais pas. J'ai jamais mangé de canard de ma vie.
— Vous mangez quoi, au Canada?
— Plein d'affaires. Du poulet, du pâté chinois, de la poutine, du steak haché, plein d'affaires. Mais pas du canard. Les canards, on leur lance du pain. C'est bon, en tout cas, ajouta-t-elle après un instant.

À mesure qu'elle mangeait, Jeanne dégrisait. Deux ou trois heures avaient passé depuis sa rencontre avec Christophe sur la route, lorsqu'elle sursauta enfin:

— Merde! Les autres! Ils savent pas je suis où. Ils vont se demander...

— C'est qui les autres?

Jeanne lui parla des cinq Strasbourgeois rencontrés à Nice, du voyage en train et du bunker. Elle ne dit pas un mot sur le vol d'alcool et de peinture. Christophe lui offrit de la raccompagner.

Ils mirent au moins trente minutes pour retrouver le bunker. Il faisait nuit, il y avait beaucoup d'arbres et Jeanne avait oublié le trajet. Quand ils finirent par dénicher le cube de béton, ce que redoutait Jeanne se matérialisa : les autres avaient levé le camp.

— Fuck estie. Mes amis ! Y'ont toutes mes affaires. Pas grand-chose mais quand même, mon passeport est dans mon sac.

Le journal de Jeanne

Je suis en Espagne. C'est juste en dessous de la France. C'est surprenant, j'aurais pensé que c'était plus dans le coin du Mexique vu qu'ils parlent la même langue. J'avais des bonnes notes en géographie pourtant. En tout cas, c'est vraiment tout petit, l'Europe. Tu roules cinq heures pis tu montres ton passeport, tu changes de langue, tu manges d'autre bouffe pis tu payes dans une autre devise. L'Espagne, quand même ! Ça commence à devenir exotique, mon voyage.

Je suis toute seule. Ça s'est mal fini avec mes amis.

À Biarritz, on a un peu déconné. On a volé des niaiseries dans un chantier pis on s'est fait pogner. « On », façon de parler, j'étais pu là. Le hasard m'a envoyé un Christophe pis du canard. J'en reviens pas. J'ai retrouvé Lucas par hasard, en cherchant les autres partout dans la ville avec mon chauffeur improvisé. Ma grand-mère chierait des taques de me voir faire confiance à n'importe qui, mais c'est pas grave, elle le saura jamais.

J'ai juste retrouvé Lucas, j'ai jamais revu les quatre autres. Si c'est pas la Providence qui s'en est mêlée, je vois pas qui d'autre. Parce que Lucas, c'est quasiment pas croyable, était justement en train de me chercher, avec rien de moins que mon sac sur l'épaule, donc avec mon passeport. Fiou! C'est le seul qui a réussi à se sauver, les quatre autres se sont fait arrêter. Il paraît que quelqu'un nous aurait vus partir avec le stock de bouteilles pis que la police a fini par débarquer et lâcher les chiens. Lucas a couru en direction opposée aux autres, en prenant la peine de s'encombrer de mon sac. Je me doutais qu'il avait une sorte de kick sur moi, mais pas à ce point-là. Dommage qu'il soit si jeune et si maigrelet.

Le Christophe qui m'a ramassée toute peinturée nous a invités à aller dormir chez lui, mais on a dit non. Il était super, ce gars-là, mais il avait un quelque chose de trop propre et bien élevé, ça demandait trop d'efforts de s'ajuster après tout ce qui venait de se passer. La rue, c'est plus relaxant. Il a eu l'air de comprendre.

Lucas et moi, on est allés se réfugier – eh que j'aime ça, les grands mots! – dans l'entrée d'un bloc d'appartements. On a jasé une grande partie de la nuit, trop excités pour s'endormir. Il était sûr que nos amis allaient être libérés le lendemain à la première heure.

C'est pas que j'en doutais, mais je me suis dit que ça devenait too much pour moi. Je veux pas retourner en arrière, je veux pu jamais être enfermée. Ça fait que ce matin, j'ai demandé à Lucas de partir avec moi en Espagne, mais il pouvait pas, il a ni passeport ni carte d'identité. J'ai hésité à l'abandonner, mais pas longtemps. Dans ces cas-là, je me demande tout le temps ce que ferait quelqu'un de plus intelligent à ma place, et partir toute seule s'est imposé. Lucas m'a emmenée à la gare à pied et j'ai pris le premier train pour San Sebastian. C'est là que je suis en ce moment, assise sur une belle terrasse en train de boire une limonade pas chère. Lucas avait l'air triste que je parte, et ma foi, je l'étais un peu aussi. Mais je pouvais pas rester.

Je sais pas trop ce que je vais faire, si je descends plus au sud ou si je remonte. C'est fatigant de rien comprendre, je parle pas espagnol pantoute. Pis ici, je risque d'avoir des problèmes d'argent. En Espagne, ça coûte trois fois rien, mais leur argent vaut fuck all non plus. Je peux pas mendier dans un pays pauvre, je vais me faire lyncher par les vrais quêteux. Pis travailler à cinquante cennes de l'heure, je suis pas sûre… Je devrais aller en Suisse. Il paraît que c'est un pays riche.

En tournant la dernière page du manuscrit de Jeanne, Élizabeth oscillait entre un immense soulagement et une douleur diffuse dans le ventre. L'histoire de cette *Marie chez les Autres* qui se donnait la mort à la fin en un petit paragraphe la bouleversait. Elle aurait voulu retourner dans le temps et prendre sa fille dans ses bras, la cajoler, la caresser, la rassurer. Élizabeth se rendait compte pour la première fois de la brutalité de leur séparation. Que de malentendus! De son côté, la mère s'était figuré que c'était sa fille qui la rejetait, jamais le contraire. Mais comment aurait-elle pu deviner? Jeanne était froide comme une grenouille, ne laissait jamais rien paraître qui pût ressembler à un sentiment.

Jeanne ne parlait de son grand-père qu'en bien. Avec une immense affection, même. Pas un mot sur ses vices, un silence complet sur ses abus. Élizabeth voyait rarement son père. Dans sa tête, les images de Raoul Hamelin qui dominaient la galerie étaient celles du jour où elle l'avait surpris le pantalon baissé devant la petite bouche d'un garçon de quatre ans, et ça la mettait mal à l'aise. Elle triturait le manuscrit distraitement, puis, sur un coup de tête, elle décida de surprendre son père avec une visite. Elle lui ferait lire sa Jeanne.

Le journal de Jeanne

Je devrais arrêter de perdre mon temps à faire des plans, je les suis jamais. La Suisse, c'est loin de l'Espagne, je veux dire. Et ça m'a flashé en traversant la frontière franco-espagnole : je suis fatiguée.

Fatiguée d'aller, fatiguée de parler. Ça commence à faire un paquet de villes et de gens qui traversent ma vie, ma tête est saturée. Pis c'est con mais j'avais envie de manger de la soupe chaude le soir pis des œufs le matin. Une envie assez forte pour me décider à appeler les fameux parents de Julien, le chum de ma mère. Ils habitent à Floirac, en banlieue de Bordeaux. C'était une très bonne idée.

Je suis passée de voyageuse à touriste et, ma foi, c'est reposant. Pas excitant pour cinq cennes, mais ça fait un bien fou de dormir dans des draps qui sentent le bon savon, de me perdre dans des oreillers moelleux et de manger régulièrement. Ça fait trois jours que je suis ici.

Hier, les «grands-parents» m'ont emmenée à Arcachon, une ville de riches. Ils me traitent comme si j'avais manqué de tout depuis que je suis née, c'était tripant de manger les affaires chères qui me font toujours saliver mais que j'ai jamais les moyens de me payer.

Ils m'aiment bien mais je pense que je leur fais un peu honte. En tout cas j'ai rarement vu du monde insister autant pour m'acheter du nouveau linge. J'ai tenu mon boutte, j'aime trop mes jeans recousus, j'ai l'impression d'enfiler mon histoire chaque matin, une patte à la fois. No way que je vais porter une jupe et un petit chemisier! Elle est fine, la mère de Julien, mais on a clairement des goûts différents.

Autrement, elle est adorable. Une vraie mémé comme on aime les imaginer, un peu ronde, toute chaude et qui sent le bonbon. Elle me fait penser à ma marraine, en version bien élevée et éduquée. Le père de Julien est ben correct aussi, mais c'est un ancien colonel et ça paraît peut-être un peu trop. Il est straight à mort et se tient tellement droit qu'on le croirait suspendu à un fil attaché dans le ciel. Ça le choque que je voyage toute seule. « Un garçon, à la limite, mais une jeune fille, oh là là. » J'insiste pas, ça servirait à rien.

En ce moment, je suis installée dans leur jardin, à une petite table protégée du soleil par un grand parasol que j'ai tassé pour m'éclairer comme du monde. Écrire, écrire, c'est juste ça que j'ai envie de faire aujourd'hui, en mangeant des tartines et en buvant des verres de lait tiède. Ça goûte l'enfance, le lait. Ils le laissent traîner sur le comptoir au lieu de le mettre au frigo, mais on s'habitue. Ça finit même par goûter l'enfance tiède. C'est encore mieux.

Ils voudraient que je demeure dans leur maison jusqu'à ce que je décide de rentrer à Montréal. C'est une grande baraque en pierre, j'ai ma propre chambre et une salle de bain quasiment privée, c'est tentant. Je pourrais devenir une petite Française, me trouver une job dans une boutique et des amis dans le coin. Ça serait drôle. Ils deviendraient ma nouvelle famille, le contraire de l'autre. Ça serait drôle mais je finirais par m'ennuyer. Sont vraiment gentils, mais ça les empêche pas d'être un peu plates.

Je vais partir demain. Je suis reposée, j'ai envie de vraie vie. Ça va les inquiéter, mais ils vont s'en remettre. Il a fait la guerre, le bonhomme, je peux pas croire.

Allô ma belle Mèmèye !

Comme tu peux voir sur la photo de la carte, je suis au pays de l'or et de l'ordre. Ça va super bien, sauf que je m'ennuie furieusement de ton macaroni au fromage. J'espère que tu vas m'en faire quand je vais revenir ? Tout bientôt, tout bientôt. Gros becs en attendant.

Jeanne xxxxx

Allô ma p'tite marraine !

Comme promis, je t'envoie une photo de fesses de Suisse. J'en ai pas trouvé sans pantalon, va falloir que tu uses de ton imagination ! Mais excite-toi pas trop, je pense que tu les trouverais plates. Pas les fesses, les Suisses. Sont sérieux à mort. Hâte de te voir, je m'ennuie de toi.

Gros becs de ta p'tite Juive, et à bientôt ! xxx

Salut Céline,

On aurait vraiment du fun ensemble, tu devrais changer d'idée pis venir me rejoindre. Parti comme c'est là, j'aurai jamais le goût de revenir, c'est sûr !

Dis salut à tout le monde de ma part.

Jeanne

Une dizaine de personnes faisaient la file devant le petit comptoir du bureau de poste. Jeanne voulait envoyer quelques cartes postales, et Nick, qui se tenait juste devant elle, allait déposer un colis.

— Elles sont jolies ? Je peux regarder ? demanda-t-il à Jeanne en pointant ses mains.

Jeanne lui tendit ses images de Genève. Nick les prit avec empressement, se pâmant sur des paysages sans doute aussi familiers que les murs de sa salle de bains. Des jets d'eau, la cathédrale Saint-Pierre et la place du Bourg-de-Four, des endroits que Jeanne n'avait pas visités mais qui lui avaient paru spectaculaires en photo.

En lui rendant ses cartes, Nick prit un air qui se voulait poétique et mystérieux pour dire : « C'est vraiment magnifique. » Ses poignets disparaissaient sous la graisse, ses jointures sous la viande, mais il avait une bouille sympathique, et Jeanne avait l'habitude des prétextes à discuter.

Nick travaillait dans l'entretien ménager à la gare et vivait dans un petit appartement avec une de ses grandes sœurs. Il avait vingt-sept ans, était court et gras, et s'intéressait énormément aux voyages, tenait-il à préciser. Il demanda à Jeanne quels étaient ses plans pour la journée. Elle n'en avait aucun. Il était environ midi.

— Tu permets que je t'invite à déjeuner? Je pourrais te montrer le lac Montreux, je suis en congé.

Jeanne dit oui. Elle disait toujours oui quand on l'invitait à manger ou à visiter un endroit. Nick posta son colis, attendit que Jeanne en ait fini avec ses cartes postales, et les deux nouveaux compagnons se retrouvèrent en quelques minutes attablés à la terrasse d'un restaurant qui bordait le lac Montreux.

Nick commanda deux fricassées de volaille à la genevoise et un litre de vin blanc. Jeanne trempa à peine les lèvres dans sa coupe, mais se régala visiblement, lâchant des bruits de bouche satisfaite toutes les dix secondes. Elle torcha entièrement son plat avec du pain alors que Nick n'était encore qu'à la moitié du sien. Jeanne ne posait aucune question, mais faisait tout pour se montrer intéressée. «Ah bon? Sérieux? Pas vrai!» Ayant épuisé les grandes lignes de sa petite vie, il voulut savoir si Jeanne était mariée.

— Mariée à mon âge? Hahaha! Ben non.

Le serveur revint proposer le dessert et les cafés. Jeanne déclina, mais Nick insista et commanda. Elle mangea donc la première crème brûlée de sa vie, avec un plaisir aussi indescriptible que peu discret.

— Mais c'est donc ben écœurant, ça se peut pas!

Nick ne cherchait plus à comprendre les expressions de Jeanne. Elle avait dû dire «succulent», qu'importait? Son esprit tout entier était tourné vers un moyen de l'attirer chez lui. Il proposa une promenade, un film au cinéma, puis inventa une histoire compliquée de viande décongelée oubliée sur un comptoir dans son appartement. Un détour d'une dizaine de minutes. Jeanne le suivit. Ils y allèrent à pied.

— Tu viens de quel pays, Nick ? demanda Jeanne.

— Mais... Je suis suisse !

— Pour vrai ? T'es donc ben foncé pour quelqu'un d'ici. Je t'aurais pris pour un Espagnol ou un Arabe. Tes parents étaient suisses aussi pour vrai ? T'es sûr ?

Nick parut offusqué et répondit sèchement que ses parents étaient grecs, mais que lui-même ne parlait que français et qu'il était aussi suisse qu'elle était canadienne.

— My God, prends-le pas de même ! T'as honte de tes origines ou quoi ?

Ils se trouvaient tout près de chez Nick. Il ne fut plus question de race ni de décongélation.

Le journal de Jeanne

Y'est grec, y'est gros, y'est laitte, pis en plus il s'appelle Nick – Dieu que c'est affreux –, mais je savais pas comment me sauver. Je l'ai trop laissé m'acheter. J'aurais dû dire non à tout, au resto, au film, à la fucking ride en pédalo et surtout, à aller lui donner un coup de main chez lui pour cuisiner.

Ça m'écœure rien que d'y penser, il faut que je vomisse ça. Sa bave dégueulasse, sa bouche abjecte, ses bruits d'animal qui a une patte pognée dans une porte, j'ai des frissons d'horreur juste à m'en rappeler. Mais je veux pas oublier. Il faut que ça s'arrête. Je suis pas une bébelle.

Rendu dans son minuscule appart, Nick-le-dick a sorti une bouteille de mousseux d'un placard, et nous a servis sans me demander si j'en voulais. C'était chaud comme de l'eau de bain, vraiment pas bon, mais je voulais pas être impolie, j'ai bu. Après, l'air de rien, il s'est assis sur son lit qui fait sofa, et a tellement insisté pour que je bouge de ma chaise de bois et m'installe à côté de lui, j'ai ben été obligée de dire oui. J'avais pu d'excuse, le bois, c'est vraiment raide pour le dos. Ça a pas été long qu'il m'a sauté dessus avec ses gros boudins de doigts et sa bouche répugnante, en me disant que j'étais donc belle, donc si, donc ça. Je comptais sur la sœur qui pouvait débarquer, mais elle est jamais apparue. À se demander si elle existe pour vrai.

Au final, on a même pas soupé. Me suis fait fourrer ben raide, c'est le cas de le dire. Maudite paresse, c'est décidément un sale défaut. J'avais juste pas envie de partir et de chercher un spot pour dormir, son sofa avait l'air safe et fait pour moi. J'étais dans le champ, il devait penser juste à ça depuis le bureau de poste, le gros tas.

Le pire, c'était de l'embrasser. La torture. J'ai évité autant que j'ai pu, c'est vraiment pas évident d'ouvrir la bouche à un gars qui te repousse autant. Le reste, les jambes, ça va. C'est moins intime qu'un baiser. Le tas de graisse qui gigote, ballotte et couine est même comique dans son genre, je trouve, mais sa salive l'est pas pantoute. Je sais pas par quel miracle je lui ai pas vomi dans la yeule.

Je me sens tellement sale. Souillée. Mais c'est de ma faute, j'ai personne d'autre à accuser. Je m'écœure. J'aurais dû lui dire que j'étais mariée quand il me l'a demandé.

Élizabeth finissait son ménage du dimanche quand le téléphone sonna.

— Jeanne!

— Salut m'man.

— Comment ça va?

— Ça va trop bien. Je suis rendue en Suisse, figure-toi. Me suis trouvé une p'tite jobine dans les vignes, c'est super bien payé. Je mange comme dix tellement je travaille fort, tu me reconnaîtrais pas!

— Bon, enfin des bonnes nouvelles! J'aime pas mal mieux ça que de te savoir couchée n'importe où...

— Bah... Je sais. T'as raison, me sens mieux moi aussi.

Jeanne prit des nouvelles de ses grands-parents, de ses sœurs et de la parenté en général dans la même question.

— Tout le monde va bien?

— Oui, oui, tout le monde est en forme. Tu penses-tu à revenir ben vite? Y'a ta marraine qui aurait une job pour toi, chez les Devaux. Ils cherchent une autre fille pour faire du ménage, ils se sont acheté une nouvelle maison.

— Euh... Je suis pas une femme de ménage...

— Une job, c't'une job, Jeanne. Va falloir quand même que tu reviennes pis que tu penses à ton avenir...

— Hey, s'cuse-moi m'man, faut que je te laisse, y'a quelqu'un qui a besoin du téléphone.
— Déjà?
— Oui. Bon, je te laisse, okay? Bye, là.
Et sans attendre de salutations en retour, Jeanne raccrocha.

Ça faisait une bonne heure que René Fournier s'agitait. Son regard errait, fixant tantôt une tache sur le mur, tantôt une craque au plafond, mais le plus souvent la porte d'entrée. Il allumait des cigarettes qu'il ne fumait pas, se servait des verres de gin qu'il vidait d'un trait, et, alors qu'il ne supportait pas le silence, il avait éteint la radio et la télévision.

Il pouvait compter sur les doigts d'une seule main les fois où il avait été ivre durant ses vingt ans de mariage avec Élizabeth, et ne se les rappelait d'ailleurs qu'avec une certaine gêne. Mais depuis son divorce, quatre ans auparavant, l'appel de la bouteille avait fini par se frayer un chemin jusqu'à son oreille, et c'est avec une grande ferveur que René Fournier recourait à l'alcool pour passer à travers sa solitude et son sentiment d'échec.

Un coup de téléphone venait de le chambouler. René avait d'abord cru à une blague, mais il avait vite fallu se rendre à l'évidence, on en voulait à sa vie. À tout le moins à ses deux jambes.

Maudit argent. Le moteur de sa vie qui s'obstinait à ne jamais ronronner. Il en avait toujours manqué. Pas à la manière d'un pauvre qui en a besoin pour gérer son ventre ou son toit, mais à la manière d'un aspirant pacha qui a besoin de flasher. La version vieillie d'un Julien Sorel sans ambition ou d'un Rastignac sans poésie.

À l'aube de la cinquantaine, le père de famille déchu de ses droits, condamné à ne pas approcher le domicile de son ex-femme et à ne pas entrer en contact avec elle, songea subitement à ses enfants. Ses quatre filles se fondaient dans un passé qu'il aurait voulu torcher d'un coup de guenille... Elles avaient vieilli, ses filles. Elles avaient sans doute chacune leur vie, leur chum, leur appartement et leur travail. Elles pourraient peut-être lui donner un coup de pouce, financièrement?

Il dut se résoudre à chasser l'idée. Élizabeth était proche de ses filles et ne les laisserait jamais l'aider. Comme il les haïssait, toutes les cinq, quand il songeait à elles en lot. Elles avaient gâché sa vie. Jeanne, surtout, cette princesse qui se prenait pour une reine. Jeanne la chouchou de sa mère, le petit espion qu'on retrouvait caché partout, à prendre des notes ou à faire semblant de lire. C'était à cause d'elle, le divorce, la solitude, l'humiliation. Elle avait passé son temps à se jeter entre eux quand ils s'empoignaient, à écouter ce qu'ils disaient, à répéter partout qu'il battait sa femme alors qu'il parvenait tout juste à se défendre. Une vraie maladie, cette enfant-là.

Il lui arrivait de s'ennuyer de Chantal ou de Julie. Des moments rares où René se projetait dans une vie qu'il avait rêvée mais n'avait jamais su endurer, assumer ou nourrir telle qu'elle s'était présentée dans la réalité. Dans les bars, il se vantait d'avoir quatre grandes filles, mais il ne savait plus quel âge elles avaient et ne les aurait pas forcément reconnues dans la rue. Était-il même leur père? Depuis qu'Élizabeth l'avait quitté pour son amant français, il doutait de tout. Le passé était sa seule matière à rêverie, il n'avait pas de présent intéressant, et le futur, auquel il pensait tout le temps, s'annonçait sans ressources. René Fournier était un homme malheureux.

Aucune femme ne s'intéressait à lui, il ne s'intéressait à aucune non plus. Depuis qu'il avait perdu son taxi faute de pouvoir renouveler son permis, il vivotait d'une vente de voiture par-ci, d'un troc de bijoux par-là, et sa vie sociale se résumait aux soirées où sa mère invitait des gens à souper ou à prendre une tasse de thé. C'était encore plus endormant.

Mais ce n'était pas seulement le dépit qui l'avait ramené au nid maternel. René Fournier n'était pas si désespéré quand il avait déménagé. Sa mère, c'était connu, avait certains moyens : cinq feus maris bien assurés lui avaient laissé une maison, une voiture et des économies substantielles. Le fils avait flairé la bonne affaire.

Comme la vieille mère se déplaçait de plus en plus difficilement toute seule, René lui fit signer des procurations pour lui rendre la vie plus simple. Il se chargea de toutes les courses, prétendit acquitter toutes les factures et la gâta un peu en lui achetant ce chocolat Laura Secord qu'elle aimait tant. Grâce à sa démesure, ça ne lui prit que quelques semaines pour transférer tous les placements de la bonne femme et vider son compte bancaire.

Le jeu avait tout mangé. Doucement d'abord, voracement par la suite. Manque de chance, tout le temps. De petits gains mais de grosses pertes, qu'il fallait récupérer coûte que coûte mais… sacré manque de chance. On en revenait toujours là.

Il y avait des limites à perdre, s'était-il dit. Mais non, le trou semblait sans fond. Il devait deux mille dollars. Qu'il n'avait pas et que sa mère n'avait plus non plus.

Le journal de Jeanne

Les Suisses sont calmes et rangés et tout se vend un prix de fou. C'est à peu près le mieux que je peux faire pour résumer ce minuscule pays qui parle quatre langues et qui est rempli de montagnes. Ils vendent les journaux quasiment trois piasses, mais ils sont gratuits à la manière du métro de Paris. Tu prends ton journal dans la distributrice et tu paies après. C'est basé sur la confiance. C'est pas pire pareil, mais ça marche pas avec tout le monde. J'ai fait semblant de payer pour la forme, mais j'ai mis des centimes français qui valent rien. C'est niaiseux, je l'ai même pas lu, le journal. Les grands titres parlent juste de politique et d'économie, autant me mettre à apprendre le cantonnais.

Quand je suis arrivée à Lausanne, y'a un vieux monsieur qui m'a interpellée. Il voulait me payer un jus d'orange. Il avait l'air d'un vrai Suisse, celui-là, la peau très claire et le débit lent, ça m'a inspiré confiance.

Il s'appelle Henri et vient du nord du pays. Du *nord* ! On parle de deux heures de route, genre. Anyway. Henri est marié et a cinq enfants. Mais il voyage beaucoup pour son travail, qui consiste à organiser des abris antinucléaires, des ponts qui vont tomber, des tunnels qui vont se refermer, des bébelles de même. J'ai pas tout compris. On dit tout le temps que la Suisse est un pays pacifique, qui a pas d'armée, qui fera jamais la guerre, Henri a l'air de dire le contraire. Mais c'est l'fun, l'écouter parler, il a le don de raconter des trucs plates en leur donnant de la saveur.

Tout ça pour dire qu'Henri a une maîtresse à Lausanne, qui est absente pour le moment. Elle voyage aussi.

Ça a été très rapide, dès que j'ai dit okay pour le petit pied-à-terre de sa maîtresse, Henri a payé nos consommations et on est partis. Une dizaine de minutes de voiture, qu'il disait

C'est la ceinture de sécurité qui a déclenché l'alerte. Je me suis mise à rusher. Du verbe regretter. Rien de physique ni de si extravagant, mais le fait d'être littéralement attachée à mon siège m'a enlevé toute mon insouciance. Peut-être que ma grand-mère m'en a trop conté? J'ai un peu scénarisé l'affaire et ça ressemblait pas à une comédie musicale. En même temps, il faisait jour et un père de cinq enfants peut pas toujours être un monstre.

Arrivés au studio en question, Henri était toujours aussi aimable et bavard, mais je me tenais un peu plus sur mes gardes. Je suis rentrée derrière lui, et j'ai fait exprès de laisser la porte ouverte. Il l'a pas fermée, ça m'a rassurée.

Une seule pièce et une salle de bain. Une sorte de petit salon assez simple mais chic, en tout cas très propre et décoré avec un goût sûr. J'en ai pas, de goût, mais je sais le reconnaître chez les autres. Sa maîtresse devait être «quelqu'un». Un canapé qui se déplie, mais j'ai pas laissé Henri le déplier. Il m'a demandé si ça allait, j'ai dit oui, alors il est parti en me promettant de revenir me chercher plus tard pour m'emmener souper. Gros soupir de soulagement dans mon ventre quand il m'a laissé la clé avec une bise sur la joue.

Comme il est parti vraiment très vite, sans jamais refermer la porte, j'ai relaxé un peu et cessé de penser à m'enfuir au plus sacrant. Puis, j'ai fouillé. Des livres sur les étagères, j'étais contente. J'allais me garder ça pour la fin, vu qu'il y avait une penderie aussi. C'est le fun à fouiller quand t'es pas chez toi et qu'il y a aucun tiroir à explorer.

Ostie!!! Voulez-vous ben me dire où je me suis ramassée? La penderie ressemblait à une vitrine de sex-shop de la rue Saint-Laurent. Juste des kits pour soirées déguisées.

J'aurais pu me sauver mais j'étais un peu fatiguée. Ça faisait quand même une semaine que j'avais pas dormi dans un vrai lit, le sofa était plus qu'invitant. J'avais quelques heures devant moi avant qu'Henri revienne, je me suis dit que je pouvais faire au moins une sieste. Et commencer un livre. Ça aussi, la lecture, ça remonte à trop longtemps. J'ai pas lu une ligne depuis que je suis partie de Montréal.

Boum! Juste des livres de sexe. Henri serait un gentleman violeur? Le genre de bonhomme qui te laisse le choix avant? «T'as vu, t'as lu, t'es restée, anwèye icitte que je te plotte ma petite fille?» Je déconne, les Suisses parlent pas comme ça.

Si j'en voulais, Henri m'avait promis le studio pour trois jours. Trois jours de ça, s'il me tuait pas, c'était quand même un bon deal. J'étais un peu mêlée et pas très sûre de moi, mais pour faire court je suis restée.

Henri est venu me chercher comme prévu. Il m'a emmenée manger la soi-disant meilleure fondue du pays – je voudrais pas goûter à la pire, c'était vraiment dégueulasse pis ça sentait le yabe – et m'a ramenée, bise sur la joue, bonsoir et à demain. Pendant trois jours. Dîner, souper, Henri m'a tout payé. Et m'a jamais rien demandé. Vraiment cool, le ti-père. Vraiment cool, mon instinct, aussi. Il m'a même donné de l'argent pour me payer une auberge de jeunesse. C'est pas mal fin de sa part, mais à la place d'un lit, je suis allée coucher dehors et je me suis payé des cigarettes et du vin. Sont chanceux, ses enfants. J'aurais aimé ça avoir un père comme lui.

Le journal de Jeanne

Josh est juste trop hot. Il a des yeux foncés remplis de je sais pas quoi d'assuré qui t'en impose sans t'effrayer. Dès que je l'ai vu, j'ai eu envie de la suite. Toute la route, il conduisait en me jetant des coups d'œil dans son rétroviseur. Lui devait regarder devant pour pas qu'on se ramasse dans le champ, mais moi, je fixais le petit rectangle en miroir en attendant son prochain regard. C'était excitant. Il m'a regardée de plus en plus souvent. Il a essayé de me parler une couple de fois, mais mon anglais est trop poche, je voulais pas me faire honte. Pis tous les livres le disent, ça doit être vrai : y'a rien comme les yeux pour communiquer.

J'ai rencontré un Stéphane il y a une couple de jours, on bouge ensemble depuis. Josh nous a offert d'aller passer un jour ou deux chez lui. Stéphane a hésité, mais j'ai pas pris de chance, j'ai sorti mon anglais du secondaire : « *Yes, I want. It's nice to invite we.* » Ça sonnait pas super intelligent, mais il a souri et j'ai bien failli en fondre sur la banquette arrière. Un sourire sans bouche à cause de la grosseur du miroir. C'était merveilleux, j'ai pas d'autre mot. Il me fait penser à Johan. Ils se ressemblent pas du tout, ce sont même presque physiquement des contraires, mais les deux me donnent le même genre de papillons dans le ventre et dans la tête.

Josh a ramassé des lasagnes à emporter juste avant qu'on arrive chez lui, sans rien nous demander. Ça tombait bien, j'aurais été vraiment embêtée s'il avait fallu payer. Demain matin, je vais trouver une excuse pour sortir toute seule une petite demi-heure et me quêter assez pour une couple de jours. J'ai mon orgueil.

On a mangé tous les trois. C'était sympathique, Stéphane était quand même drôle, je comprenais mieux ce qu'il disait que Josh. Ils avaient l'air de bien s'entendre, je me suis sentie un peu cheap. Je lui ai rien promis, au Québécois, mais c'est clair qu'il s'en fait accroire pareil.

Pour finir, j'ai fait la vaisselle et tout nettoyé pendant que les gars jasaient. Après, on a bu une couple de bières et fumé autant de joints, et la fameuse heure de se coucher est arrivée.

Josh a un lit simple un peu large et un divan plat. Il a réuni le tout pour faire une seule grande couche, ce qui m'a un peu déçue. Mais bon, il pouvait quand même pas m'inviter direct en dessous de ses couvertes. J'ai pas montré que je couchais avec Stéphane *avant*, mais si ça se trouve, il s'en doutait un peu. On s'est donc allongés tous les trois, tout habillés, sur son espèce de lit king size. Tant pis pour mon confort, j'ai choisi la craque du milieu pour être sûre que Stéphane la prenne pas et que je me retrouve obligée de l'enjamber pour sourire à mon futur amoureux. Le Québ a eu la bonne idée de s'endormir presque immédiatement. Il est pas si con, au fond.

Josh et moi, on a essayé de chuchoter un moment. Ça a fini en conversation muette avec nos yeux, ses yeux pleins pis mes yeux creux. Ça nous a pris une bonne heure pour nous rapprocher d'un pouce à la fois. C'est un gêné, lui aussi. Mais un moment donné, on était quasiment un sur l'autre, fallait bien se décider. Il est super doux, Josh.

Stéphane, son gros sac sur le dos, attendait un train à la gare de Zurich. Il avait une passe qui lui permettait de voyager partout en Europe durant six semaines, et comptait se rendre en Italie.

«Maudite salope pareil, ruminait-il, ça joue les p'tites vierges en battant des cils, mais ça couche avec n'importe qui pis son frère...»

Il en voulait à Jeanne, non pas de l'avoir quitté comme elle l'avait pris, mais de l'avoir humilié. Il essayait de se remémorer tous les petits signes qui l'avaient perturbé mais qu'il avait sciemment ignorés. La froideur instantanée de Jeanne quand ils étaient entrés dans l'appartement de Josh, sa manière délibérée de s'asseoir le plus loin possible de lui, son insistance, enfin, pour dormir au milieu du lit. Il se trouvait idiot, maintenant, de n'avoir pas compris immédiatement que c'en était fini de lui, que c'était l'autre qu'elle voulait désormais.

Elle n'avait rien fait pour masquer son soulagement, la petite pute, quand il lui avait annoncé qu'il partait. Il enrageait. Il aurait voulu l'avoir en face de lui pour lui cracher tout ce qu'il pensait d'elle. «Bonne route, hein!», s'était contentée de lui dire Jeanne pour le saluer. Et lui, l'abruti, il lui avait dit merci et lui avait souhaité la pareille. Stéphane s'en voulait beaucoup. À quoi s'attendre d'autre d'une fille qui s'était pratiquement jetée sur lui après une heure de placotage? Sa fureur lui faisait oublier que c'était lui qui avait embrassé Jeanne le premier.

Le journal de Jeanne

Enfin!!! Il est parti, le Québécois. Il aura mis le temps pareil. J'espère qu'il regrette pas, c'était pas contre lui, tout ça. J'étais supposée faire quoi? Cracher sur l'homme de ma vie pour continuer à frencher un kick? Je pense pas, non. Même Céline aurait été d'accord avec moi.

Je lui écris souvent, à Céline. C'est plate que j'aie pas d'adresse pour qu'elle puisse me répondre. Je m'ennuie d'elle. Autant elle m'a fait chier avant que je parte, autant je me rends compte que je voudrais bien qu'elle soit là pour qu'on se raconte nos affaires, qu'on se juge pis qu'on rie. J'ai personne à qui parler de mon beau Josh, c'est dur. Si tu peux pas partager ton plaisir, on dirait que tu tripes moins.

Je fais d'énormes progrès en anglais. Je savais pas que je connaissais autant de mots. Ça doit resurgir de l'inconscient de mon grand-père. J'arrive à me débrouiller dans tout, mais surtout, je peux enfin parler avec mon Josh que j'aime décidément plus que beaucoup.

J'ai dit à ma mère que je travaillais dans des vignes, nourrie, logée et payée. Un petit mensonge inoffensif pour qu'elle me lâche avec ses questions. «Tu dors où? Tu manges quoi?», comme si mon voyage se résumait à une échelle de calories et à une tournée d'hôtels. Je me demande ce qu'elle penserait de mon Josh, si elle le rencontrait.

Josh est suisse-allemand mais a vécu en Afrique du Sud pendant sept ans, avec ses parents qui sont encore là-bas. Il a vingt ans et – gros soupir mais c'est pas si grave – il a une blonde. Une fatigante qui lui écrit presque chaque jour, des lettres remplies de niaiseries pour le faire penser à elle. Ça marche pas, il les lit vite comme s'il checkait son compte d'électricité pis il passe à nous deux. Comment il me regarde, tout le temps !

On a vraiment du fun ensemble, il m'emmène chez ses amis, dans des cafés ou des bars cool, me paye des bouffes comme si j'étais sa petite femme. Je l'aime peut-être trop en fait, ça me fait chier l'histoire de sa blonde en Afrique.

Ça faisait trois fois que Josh déclinait «l'incontournable» verre après le travail. À la quatrième, ses collègues se montrèrent aussi indignés qu'intrigués.

— Mais elle t'a ensorcelé ou quoi, ta Canadienne? se moqua-t-on.

— Soyez pas si cons, répondit Josh. Elle passe ses journées toute seule, c'est normal que...

— Arrête tes conneries toi-même, l'interrompit son voisin de bureau, tu cours la rejoindre même le midi. C'est ta copine qui va être fière d'apprendre ça! Elle arrive quand, au fait?

Ils rigolaient, bien entendu. Aucun de ses collègues n'irait dénoncer un écart qu'ils avaient passé des mois à suggérer. «Amuse-toi un peu, disaient-ils en lui présentant des amies, des voisines et des cousines. Ce que l'autre saura jamais, ça peut pas la déranger.»

Josh était de plus en plus nerveux. En quittant l'Afrique du Sud, il avait juré fidélité à sa copine, non pas pour la rassurer, mais en toute sincérité. Ça faisait plus de trois ans qu'ils étaient ensemble, et ce projet de retourner vivre en Suisse, ils l'avaient fait à deux. On avait offert un poste à Josh dans cette boîte, elle terminait des études en graphisme; c'était la seule raison pour laquelle ils étaient momentanément séparés.

Le mensonge n'était pas son fort. Il avait dit à Jeanne qu'il y avait cette fille dans sa vie, mais elle n'avait pas réagi, s'était contentée d'un «elle est si loin, c'est pas grave». Ça l'avait apaisé quelques jours, d'autant que ce qu'il aimait le plus de Jeanne, c'était cette faculté qu'elle avait de vivre le moment présent comme si le lendemain n'était qu'une possibilité. Pas à dire, elle le secouait, le forçait à tout remettre en question. Le mensonge n'était pas son fort, mais il n'avait tout de même rien dit à sa copine.

Sa dernière lettre lui annonçait son arrivée prochaine. Son billet d'avion était acheté, il était trop tard pour tout lui avouer. Lui avouer quoi, de toute façon? Qu'il était follement épris d'une petite pouilleuse à moitié mendiante qui n'avait aucun projet de vie?

Le journal de Jeanne

Les lettres de la fille se font de plus en plus pressantes, elle écrit qu'elle va débarquer à Zurich tout bientôt. Pourquoi Josh lui répond pas que c'est fini, qu'il a rencontré la femme de sa vie ? Je comprends pas. Ça paraît qu'il est fou de moi autant que moi de lui. Il me regarderait jamais comme ça, sinon. Si c'est juste pour l'ignorer et la laisser moisir toute seule à l'aéroport, c'est chien. Pas que ça me ferait de la peine, mais il me semble que ça se fait pas. Ce serait vraiment mieux qu'elle reste là-bas, dans son Afrique de marde.

Une fille suisse, c'est une Suissesse. Ostie... Je suis contente d'être canadienne. Une Suissesse, franchement, qui voudrait être ce mot-là ? Je la comprends, la vache, d'avoir décidé de vivre sur un autre continent. Mais argh ! Pourquoi elle y reste juste pas ?

Elle a son billet d'avion en main, elle lui colle des poils de sa noune avec du scotch tape sur ses lettres pour qu'il pense à elle. C't'une vicieuse, cette fille-là, qu'est-ce qu'il fout à pas l'envoyer chier ? Et moi qui peux rien dire, vu qu'il saurait que je lis toutes ses lettres en cachette.

Mon Josh aime ça quand je lui raconte mes histoires. Il a envie de voyager aussi, ça paraît. Mais il peut pas. Il ose pas plutôt, c'est vraiment dommage. On s'entend si bien. Les jours passent, faudrait que quelque chose arrive, n'importe quoi pour empêcher que l'autre grue débarque. Je pense juste à ça, elle m'obsède, la salope. C'est pas possible qu'une Suissesse soit venue au monde pour me pourrir la vie. Elle arrive dans moins d'une semaine.

J'oserais jamais lui dire ça, à Josh, mais mon rêve serait qu'il lui dise que j'existe et qu'il est bien avec moi. Mieux qu'avec n'importe qui. Mieux qu'avec elle, surtout. Il peut pas l'aimer elle aussi, quand même. Sinon, la vie est pas claire.

J'étouffe. Je vais aller ruminer dans un parc.

La pile de feuilles demeura une bonne semaine cachée dans un tiroir avant qu'Élizabeth se décide. Il y avait des passages qu'elle détestait, et deux ou trois chapitres qui la chaviraient tout à fait. Sa fille n'avait rien compris : elle n'était pas une si mauvaise mère.

C'était une idée de son amoureux, de renvoyer le manuscrit de Jeanne à d'autres maisons d'édition. Élizabeth s'était d'abord montrée réticente, mais avait fini par se ranger à l'idée de Julien. Il fallait donner une chance à la petite, comme il disait. Elle s'était donc procuré une vieille dactylo dans une brocante et s'était patiemment mise à l'ouvrage, touche après touche, un doigt à la fois.

— J'ai fini, dit-elle à Julien au bout de trois semaines. Tu veux toujours pas le lire avant qu'on le malle ?

Le journal de Jeanne

Bon ça y est, Josh l'a dit. Il a prononcé son nom. Elle va arriver encore plus pour vrai. C'est vraiment poche. Il est trop nul. Une cochonne qui envoie ses poils pubiens peut pas être une bonne fille, comment ça se fait qu'il se rende pas compte de ça? Je suis-t-y tombée amoureuse d'un estie d'épais, coudonc?

Il me l'a dit, donc c'est fini, va vraiment falloir que je parte. La veille, genre? Je sais pas si c'est ça qu'il veut, il a l'air tout mal à l'aise. Pauvre ti-pit, je le plains pour vrai. La vie est mal faite. J'ai pu envie d'écrire, j'vais aller marcher pis m'acheter un truc à bouffer. C'est comme ça qu'on règle nos angoisses, par chez nous.

Je peux pas m'empêcher de reprendre mon cahier, j'ai l'impression d'être en train de déborder. Ça en fait trop pour ma petite tête.

Je me rends compte que j'avais oublié que j'étais en train de voyager. Le présent, c'était Zurich, c'était Josh, c'était son gros coussin orange. On aurait quasiment pu s'acheter un chien. Il était simple, notre quotidien, mais on était bien. J'aurais pu le marier et demander sa citoyenneté, devenir une risible Suissesse pour la grâce de m'endormir avec lui tous les soirs. J'aurais appris à cuisiner comme du monde, j'aurais tenu son petit appart tout propre. Franchement, on faisait une super équipe. Là, pouf! Je retourne à la réalité de mon petit sac et de mon nowhere. C'est brutal. J'ai pas envie de partir. Je veux PAS partir.

Dimanche, enfin. C'était devenu une petite routine assez agréable, Élizabeth se faisait un café, se roulait deux ou trois cigarettes d'avance, avalait une paire d'œufs et de toasts puis attendait l'appel de Jeanne. Elles s'étaient entendues pour midi maximum, heure de Montréal, mais Jeanne appelait toujours bien avant.

Les appels lui étaient chaque fois facturés d'une ville ou d'un pays différent, ce qui l'inquiétait beaucoup au début, mais la remplissait dorénavant de fierté. Au travail, on était épatés par ces noms – France, Belgique, Hollande, Allemagne – jetés dans la conversation chaque fois que l'on prenait des nouvelles de sa fille.

C'était la saison des touristes et Julien était à son stand de caricature, dans le Vieux-Montréal. Il n'était pas particulièrement talentueux en dessin, mais il se montrait si drôle qu'il avait le don d'attirer des attroupements pendant qu'il gribouillait. Ça lui faisait de nouveaux clients. Élizabeth devait le rejoindre vers 15 heures, ils se paieraient un p'tit resto, elle raconterait les dernières péripéties de Jeanne et on rentrerait sagement à la maison.

Élizabeth tournait en rond dans sa cuisine, à deux pas du téléphone qui s'obstinait à ne pas sonner. Il n'était pas encore midi, mais Jeanne n'avait encore jamais appelé si tard. Vu le décalage, il était presque 18 heures là-bas, calculait-elle. Il devait faire presque nuit. Elle commença à s'affoler. Un mauvais pressentiment. Trois cigarettes allumées en même temps, c'était rare. Elle avait la tête ailleurs, quelque part en Europe en train de chercher sa fille.

Il était à peine 14 heures, Julien faisait le clown au centre d'une quinzaine de badauds, mais Élizabeth arrivait déjà.

— Faut retourner à'maison tout de suite Julien, il est arrivé quelque chose à Jeanne.
— Quoi ? Qu'est-ce qu'il lui est arrivé ?
— Je sais pas, je sais pas… Elle m'a pas appelée.
— Ma chérie, tu t'inquiètes pour rien…

Julien termina néanmoins en vitesse la caricature d'un Japonais qu'il n'avait même pas besoin de regarder tant il les faisait toutes semblables, et rangea précipitamment ses affaires. Pour tromper l'attente, Élizabeth attendit Julien en se mêlant à une foule qui regardait un spectacle de marionnettes. Ils étaient bien une centaine à rigoler des courbettes de bâtons habillés de paillettes. Elle était mal à l'aise. Comment pouvaient-ils rire alors que sa fille était peut-être en grand danger au bout du monde ? Élizabeth s'égarait dans une série de scénarios rivalisant d'horreur. Elle clignait des yeux en vain, une image sordide était aussitôt remplacée par une autre, tout aussi révoltante. Soudain, une masse lourde et chaude vint s'abattre sur le dessus de son crâne. Le choc la projeta deux pas en avant.

C'était un pigeon. Mort, le pigeon. Pas de sang, rien de juteux, juste un poids inerte et mou avec deux ailes, des pattes et un bec. Élizabeth eut un haut-le-cœur. *Non, mon Dieu, pas ma fille. Je vous en supplie mon Dieu, pas ma fille…*

— Julien ! Julien !!! Jeanne est morte, ma fille est morte ! hurla-t-elle devant les spectateurs médusés qui avaient du mal à imaginer qu'elle fût réellement la mère du volatile échoué sur sa tête. Que d'hystérie pour un oiseau !

— Quoi ? Mais qu'est-ce que tu racontes, tu lui as parlé d'où ? demanda Julien qui s'était précipité aux premiers cris.

— Le pigeon… Mon Dieu, un pigeon… Ma fille.

Julien la rattrapa de justesse, Élizabeth allait s'évanouir.

Le journal de Jeanne

My god. Ma mère capote ben raide. Je l'ai appelée ce midi, il devait être 6 ou 7 heures à Montréal, ça a même pas sonné un demi-coup qu'elle a répondu.

— Allô Maman?

— Toé tu reviens icitte tout d'suite pis ça presse, qu'elle a jappé.

— Euh…

— ÇA SUFFIT, JEANNE, TU REVIENS PIS ÇA FINIT LÀ. TU REVIENS TOUT D'SUITE.

— Maman? Ça va? T'es-tu correcte?

Elle hurlait comme une vraie folle, une histoire d'oiseau mort dans ses cheveux. J'ai rien compris, elle criait trop. Mes oreilles se bouchent, dans ce temps-là. On a fini par s'entendre pour que j'appelle n'importe quand entre le vendredi et le lundi. Et pour que je retourne à Montréal bientôt. Il fallait bien la calmer, elle était hystérique.

Je sais pas quand je vais rentrer. Je suis encore toute seule. Ça devrait pas changer grand-chose à l'échelle de ma vie, mais ça fait une sale différence quand t'as été «deux», même pendant pas longtemps. Il m'aimait aussi, Josh, c'est ça le plus con.

Si j'avais été écrivain, je pense qu'il serait resté avec moi. Ça lui faisait peur que je sois rien, que j'aie pas de chemin. Sa Suissesse allait quelque part, elle, son parcours était clair. Au fond, Josh a pas choisi entre deux filles, il a hésité entre deux vies. Si j'avais été quelqu'un, il m'aurait gardée avec lui.

J'étais amoureuse de quoi, moi? De lui. Je m'en foutais de sa vie plate, j'avais juste envie d'être avec lui, qu'on soit ensemble. Je devrais écrire un livre sur lui, pour l'expulser de mes pensées.

En attendant, je sais plus trop quoi faire, j'ai perdu mon enthousiasme à Zurich. Je suis fatiguée d'errer, j'aurais tellement envie d'une soupe Lipton avec des biscuits soda. Pis d'un livre. L'aventure, à la longue, c'est exigeant. Trop de besoins primaires. C'est pas mal de gestion de s'alimenter, s'abreuver, se vider pis se coucher. Peut-être que je me suis trop habituée à l'inconnu? Ça m'excite moins qu'au début, en tout cas.

Pis l'Europe sans mon Josh, ça goûte pu rien.

Après avoir fait des courses, Jeanne s'était installée dans le premier parc qu'elle avait croisé, un espace immense et intime à la fois, planté de vieux et grands arbres. Les passants passaient, les cyclistes et les poussettes roulaient, les chiens pissaient et pourtant, Jeanne savourait le délice de se sentir seule. Elle avait disposé ses achats – du pain, deux saucisses, un carton de vin rouge et des biscuits secs – sur un foulard qui servait de nappe, puis s'était appuyée au flanc d'un arbre pour écrire, en sirotant sa piquette avec une paille. Elle mit à jour son journal de voyage. À la moitié du carton de rouge, elle eut envie d'écrire à son amie.

Allô Céline,
Je suis dans un parc au milieu de l'Allemagne, je me rappelle pas du nom de la ville. J'aurais tellement envie que tu sois là, qu'on jase sans fin. J'ai la tête trop pleine, tu pourrais m'aider à démêler ça, t'es bonne là-dedans. Viens donc me rejoindre ! C'est pas dépaysant, tu vas voir.

Les Allemands ressemblent un peu aux Canadiens. Ils boivent de la bière et mangent de la saucisse, s'habillent comme du monde ordinaire. Leurs rues ressemblent aux nôtres, leurs magasins aussi. Ça serait spécial s'il y avait des chameaux, des pyramides ou des gipsys, mais non, c'est pareil comme chez nous.

J'aimerais ça parler leur langue, mais je pourrais jamais cracher de même en articulant. À la limite, pour un gars, ça fait masculin et autoritaire, mais les bonnes femmes sonnent surtout comme des chiennes enragées, elles ont l'air en tabarnac même en disant « Ça va ? ». Au moins, ça ressemble à l'anglais, j'arrive à comprendre un peu. Eh oui ! Je parle anglais asteure. C'est hyper facile avec de la pratique.

C'est bizarre à dire, mais on dirait que je découvre un peu plus chaque jour la fille qui se cachait dans moi. C'est weird. Je me reconnais pas, et pourtant c'est moi. J'ai pas changé une miette, c'est pas ça, c'est juste que je commence à comprendre qu'au fond, la vraie Jeanne était ailleurs. Ici, en Europe. Ça fait profond mon affaire, ça l'est. J'ai bu pas mal de vin rouge, ça aide à philosopher.

T'es quand même la personne qui me connaît le mieux au monde. Ça fait du bien de te parler. Te souviens-tu quand on passait nos nuits à pas dormir pour discuter des grandes choses de la vie ? Des grandes niaiseries qui nous mènent, surtout ? Ben faudrait en reparler. Y'a rien qui nous mène, rien pantoute. Des fois, je suis ben gelée pis je vois la vie comme un matelas gonflable qui m'emporte au gré des courants et du vent. Tant que je me débats pas, y'a pas de raison que je chavire. Le vrai confort, c'est de se laisser dériver.

J'apprends tranquillement à dire non quand ça me tente pas, pis j'arrive à dire oui. C'est pas rien. As-tu faim ? Oui. As-tu besoin de ceci ? Re-oui. C'est l'fun, dire oui. Ça change les petits détails de ma vie.

Je sais pas comment je vais faire pour revenir. J'arrête pas de me demander comment j'ai fait, toutes ces années-là, pour endurer une routine aussi… Aussi rigide ? Ça te tente vraiment pas de venir me rejoindre ? Le monde est vraiment grand et tout petit, y'a de la place partout pour nous. Anwèye donc ! Je t'attends.

Jeanne

Le journal de Jeanne

Je sais pas si c'est à cause du gros splif que je viens de fumer, mais je suis partie sur un trip en regardant le lampadaire. Les bibittes tournent autour, attirées comme des folles en pleine crise. Les plus flyées se pitchent dans tous les sens, touchent la lumière, s'éloignent une seconde et y reviennent, ça ressemble à un grand ballet sans chorégraphie. Les petits cadavres séchés sur le globe ont pas l'air de les impressionner, comme si c'était normal de finir le party avec les ailes brûlées. T'en as d'autres qui se tiennent plus loin, qui profitent du spectacle sans jamais trop s'approcher. Des bibittes voyeuses ? Des frileuses ? Y'a aussi les bibittes sages, celles qui sont pas là, celles que la lumière attire pas… Sont où ? C'est-y une communauté, y'en a qui font la fête pendant que d'autres préparent à manger ? Faudrait que je fume un autre bat pour répondre à ça. Je pense que si j'étais un insecte, je finirais calcinée assez vite merci. Une existence courte, mais au moins, j'aurais dansé.

On retrouva sa voiture carbonisée, mais pas son corps. Ça faisait un mois que René Fournier, recherché pour escroquerie, était porté disparu. Sa mère, sans ressources, avait porté plainte après s'être vu menacée de se faire enlever sa maison, faute d'en acquitter les taxes. Des taxes minimes, mais elle n'avait plus que ses bocaux de farine et du vieux sucre, des aliments en spécial qu'elle stockait depuis des années, rares choses que son fils avait daigné lui laisser.

Personne ne voulut collaborer à l'enquête. Son ex-femme, ses filles, ses rares amis, tous répondirent la même chose : René Fournier ? Pas vu depuis au moins trois ou quatre bonnes années. On avait entendu des choses, bien sûr, mais ça intéressait si peu, on n'aurait su distinguer la vérité de l'invention. Fournier avait toujours trop fabulé.

Les policiers promirent de faire tout ce qu'ils pourraient pour élucider cette sombre affaire, puis rangèrent le dossier dans un classeur. Tant qu'il n'y aurait pas de corps, il n'y aurait pas d'enquête.

Le journal de Jeanne

Ayoye! Mon père est mort. Définitivement. Parti, envolé, fini. Ça me rentre mal dans la tête, il faut que je me le redise aux cinq secondes pour me le rappeler. Mon père est mort. J'aurais pensé m'en foutre ben raide, mais quand ma mère m'a dit ça au téléphone, je me suis sentie vraiment bizarre. Une sensation pas l'fun, une sorte de boule pesante en plein milieu de mon ventre, juste en haut du nombril et qui montait des deux côtés de mon cœur.

« Ostie que t'es pas parlable! » a dit ma mère quand j'ai voulu raccrocher. « Crisse que t'es conne! » j'ai murmuré. Je sais pas si elle a entendu. J'ai laissé le combiné pendre dans le vide, j'espère que ça va lui coûter plus cher de frais d'interurbain.

J'avais le goût de faire plein d'affaires aujourd'hui, mais la nouvelle m'a assommée. J'ai quasiment couru jusqu'au parc le plus proche pour prendre mon cahier, comme quelqu'un qui s'élance vers l'air frais quand il a le feu dans le cul. Mais écrire quoi? Je l'aimais pas, mon père vivant. Je vais quand même pas me faire accroire que j'y tiens asteure qu'il est rendu en cendres, ça serait un peu débile. Mais je suis débile, faut croire, parce que ça me fait vraiment quelque chose.

Ma sœur Chantal doit capoter. Julie aussi, peut-être, même si cette fille-là est l'insensibilité personnifiée. Nathalie, c'est sûr qu'elle s'en fout, elle aurait gratté l'allumette elle-même si elle avait pu. C'est pas son vrai père. Et moi ? Je sais pas, je me sens juste tout croche.

C'est fascinant, les souvenirs. J'en ai juste des mauvais quand je pense à lui en vitesse, je le revois en train de gueuler après ma mère, de la pousser, de la mépriser, de la menacer avec un couteau de cuisine. Pourtant, elle faisait pareil, mais c'est pas ce qui me vient à l'esprit quand je pense à elle.

Mon père faisait aussi des bons déjeuners, mais je me rappelle juste ses affreux T-bones saignants. Il nous emmenait souvent au parc Belmont ou au parc Safari, mais c'est la fumée de ses cigarettes dans l'auto qui me revient en mémoire.

C'est quand même à lui que je dois d'avoir un passeport, après tout. S'il avait pas été aussi frais chié, il m'aurait jamais payé un échange étudiant à treize ans. « Ma fille est en voyage, eh oui ! » Ostie, ça fait vraiment bizarre de penser à lui vivant pis de savoir qu'il est mort.

Je voudrais noircir des pages et des pages pour faire disparaître le sale poids dans mon ventre, mais ça sort pas. Je passe plus de temps à mâchouiller mon stylo qu'à le faire courir sur la feuille, c'est tout pogné en dedans. Je pense que je vais aller faire un tour dans une église, même si je crois plus en Dieu depuis un bout de temps. C'est calmant, l'odeur de l'encens, le silence et les hauts plafonds.

Le journal de Jeanne

Yabadabadouuuuuu! Ma mère a reçu LA lettre que j'attendais pas, la fameuse lettre qui te détruit ou te construit un avenir, la lettre qui te dit «bonjour, c'est avec grand plaisir que...» Je sais pas quelle date on est mais je vais checker ça, aujourd'hui ma vie a changé!

Juste à y penser, juste à écrire ça, j'ai des frissons. Les Éditions du Scorpion veulent publier mon livre. C'est fou. C'est vraiment fou. J'ai parlé plus longtemps que d'habitude à ma mère, elle va leur téléphoner à ma place pour voir s'ils peuvent attendre avec leurs plus brefs délais.

Elle est quand même fine, ma mère. J'aurais pas pensé qu'elle ferait une chose pareille pour moi. Son Julien aussi, il est cool. Il paraît que c'est grâce à lui, tout ça. C'est une maison d'édition française qui veut me publier. Ils ont un bureau à Montréal, sont vraiment big.

Ayoye, je capote vraiment. J'en oublie que mon père est mort. Tant mieux, après tout c'est juste dans ma tête, il existe pas réellement dans ma vie.

J'ai mal au ventre. J'ai un éditeur à l'intérieur qui me chatouille les entrailles. Bizarre qu'autant de plaisir me donne envie de vomir. Monique Legardeur, qu'elle s'appelle, celle qui m'a écrit. Une femme. Ça, c'est vraiment cool. C'est sûr qu'une femme essaiera pas de me tripoter comme l'autre tas de marde à qui j'avais été porter mon manuscrit. Une femme, en plus, ça lit pour vrai. Pas juste des journaux, je veux dire.

Je me sens importante, tout d'un coup. Faut que je rappelle ma mère demain. J'espère qu'ils changeront pas d'idée si je prends trop mon temps. Aujourd'hui c'est dimanche, elle peut pas appeler à ma place, c'est sûr que c'est fermé. Ce sera la plus longue journée de ma vie. Mon Dieu Seigneur Jésus Satan et toute la compagnie, je capote ben trop, je vais sortir, j'en peux plus. J'aurais envie d'aller m'acheter du vin rouge en bouteille, pour fêter ça. Je vais aller me quêter ça, ça va m'occuper.

C'était décidément un jour pour célébrer. Yvan, le fils de Georgette, sortait de prison, Julie avait mis au monde un superbe gros garçon, et Jeanne avait enfin annoncé une date approximative de retour. Nathalie se joindrait à la compagnie pour le dessert, la caisse populaire où elle travaillait fermant un peu plus tard.

Le livre de Jeanne allait être publié. Élizabeth en avait eu la confirmation écrite, mais ne l'avait annoncé à personne d'autre qu'à sa fille et à Julien. Elle doutait encore, se rappelant qu'elle aurait pu stopper la machine... Elle n'était plus si certaine qu'il faille donner ce genre de chance à la petite. Ça lui monterait à la tête, c'était sûr. De toute manière, il était trop tard et, comme elle se le répétait pour s'encourager, *c'était pas si pire, c'était pas si pire...*

Les invités arrivèrent les uns derrière les autres, arrachant Élizabeth à ses pensées. Le nom de René Fournier fusait de toutes les bouches, sauf de celle qui n'en multipliait pas moins les allusions animalesques pour parler de son ex-mari.

— Ça doit être d'autres chiens comme lui qui l'ont mangé, le rat, ricanait Élizabeth, qui avait sa syntaxe bien à elle. C'est pour ça qu'ils l'ont pas trouvé. Bon débarras, même pas besoin de l'enterrer.

— T'es dure pareil, se permit Georgette.

— Dure ? Hahaha ! Matante… Un gars qui a fourré sa propre mère pour s'acheter un char, un gars qui s'est jamais occupé de ses enfants, qui a volé tout le monde à commencer par moé, j'ai pas de pitié pour ça.

Chantal et Julie discutaient de la tragédie entre elles. Chantal pleurait, Julie la consolait.

— Écoute-la, la vache qui parle comme si c'était une sainte, sanglotait Chantal. Si ça avait pu être elle, qui avait brûlé…

— Dis pas ça, dis pas ça, répétait Julie. Y'a personne qui mérite ça.

— Y'a personne qui mérite de brûler tout seul, je veux mon père…

Julie se mit à pleurer elle aussi. Les deux se serraient, la plus jeune étreignant la plus âgée.

Jeanne discutait avec les deux hommes qui l'avaient prise en stop. Ils voulaient savoir où la déposer, elle voulait savoir pourquoi il y avait des uniformes armés de mitraillettes à tous les quelques kilomètres. Son anglais s'améliorait franchement.

— C'est bien à Berlin-Ouest que tu vas, quand même ? plaisanta le conducteur.

— Oh, Est ou Ouest, c'est où vous voulez, je vais pas spécialement quelque part.

Les gars rirent, croyant à une blague en répartie. En vérité, Jeanne ne connaissait pas l'histoire de Berlin, ne connaissait pas l'histoire de l'Allemagne tout court. Ils la débarquèrent dans le secteur américain, près d'une station de métro.

Par habitude, Jeanne se dirigea spontanément vers un parc, un endroit vert où elle pourrait se poser. Une vingtaine de punks occupaient déjà la moitié de l'espace, installés dans des cabanes construites avec les débris du coin : des bouts de planches et de ficelles, du tissu, des blocs de béton et des plaques de céramique. Jeanne se sentit tout à coup vulnérable. Elle se glissa dans sa couverture et sous un buisson. La fatigue eut raison de son malaise, elle s'endormit rapidement, sans souper.

Le lendemain, après une mauvaise nuit peuplée de rêves étranges, un clochard vint offrir à Jeanne une bière chaude et la moitié d'un sandwich. Il parlait seulement l'allemand, leur conversation se résuma à quelques gestes : surprise, froncement de sourcils, signes d'approbation, remerciements et grosse bouchée. Il était 7 heures du matin, elle lui rendit la bière en mimant qu'elle ne buvait pas. Il la quitta en baragouinant une forme de mécontentement, ce qui décida Jeanne à s'éloigner du parc pour aller s'offrir un café.

Le petit bar était bondé malgré l'heure matinale. En se rendant au comptoir pour commander, Jeanne fonça dans une jeune fille d'environ son âge, qui tenait un café dans une main, un sac dans l'autre et un stylo dans la bouche. Son gobelet se renversa. Confuse, Jeanne lui en offrit un autre.

— Ce n'est pas nécessaire, mais merci.

— Mais oui, j'insiste, c'est ma faute, je regardais pas où je marchais…

— Serais-tu prête à passer trois semaines à Berlin ? finit par demander Karen.

Jeanne et Karen, la fille au café renversé, étaient installées sur la terrasse extérieure et discutaient depuis plusieurs heures comme de vieilles connaissances. D'autres boissons avaient été achetées.

— Euh…

— Il y a l'appartement d'un de mes amis qui est libre. Il est parti à Hambourg pour le travail. Je m'en occupe, j'arrose les plantes et je ramasse le courrier, mais c'est à l'autre bout de la ville. Si ça te tente d'avoir un appart pour trois semaines, il est à toi.

À peine une heure plus tard, Jeanne se retrouva l'heureuse occupante temporaire d'un trois pièces au rez-de-chaussée d'un vieil immeuble, en plein centre du quartier américain, à deux pas de tout, du métro surtout.

Jeanne ne mendiait jamais dans un voisinage qu'elle côtoyait. Ça l'humiliait. Elle ne quêtait jamais longtemps non plus. De quoi se payer un souper, un paquet de tabac ici et là, un coup de rouge s'il y avait des amis autour et elle s'arrêtait, satisfaite. Économe, elle marchandait les fruits au marché, la drogue dans la rue, le nombre de frites dans un cornet. Elle devint vite amie avec les marchands du quartier.

L'appartement donnait sur une grande cour et se composait d'une chambre, d'une cuisinette et d'un immense salon. C'était meublé avec un sens plus pratique qu'artistique, Jeanne s'en montra enchantée. Un gros tourne-disque et une collection complète des œuvres de Pink Floyd la retinrent longtemps sur place. C'était la première fois qu'elle se retrouvait seule depuis des mois, elle en profita pour ne rien faire d'autre que se doucher, écouter de la musique, danser et se faire à manger. Les armoires étaient remplies de provisions, Karen (que Jeanne avait rebaptisée Providencia) lui avait dit de se servir et de ne pas se gêner. Jeanne l'avait prise au mot. Elle se prépara des soupes, des plats de pâtes et beaucoup de riz. Au bout de trois jours, elle se décida à sortir et à visiter un peu la ville.

Le journal de Jeanne

On dirait qu'il y a quelqu'un quelque part qui s'occupe de moi, qui m'attire tantôt sur un chemin, tantôt sur une autoroute. Qu'est-ce que je suis en ce moment, hein? En ce moment, je suis une écrivaine qui a un appartement à Berlin. Oui, Monsieur. Quand même, Berlin à dix-huit ans, c'est pas pire pantoute!

J'ai envie de relever les épaules, de marcher la tête haute et de regarder le monde en pleine face. Je suis tellement fière, ça se décrit pas. Céline va tellement capoter, ça va être un deuxième accomplissement en soi. Pis pas juste elle... Mes sœurs aussi vont être obligées d'arrêter de me chier dessus comme si j'étais une motte de gazon jaune, elles pourront plus dire dans mon dos que je suis la loser de la famille, la bibitte sombre, la ratée.

Un jour, j'espère que je pourrai juste inventer, en finir avec mes maladies et passer à la fiction. Écrire un livre comme on crée une chanson, à partir d'un son... Ça va tout changer dans ma vie, de savoir qui je suis.

Quand je pense que Josh sait rien de tout ça... Il regretterait peut-être.

Karen aussi écrit beaucoup. Elle étudie en journalisme, elle en est déjà à sa deuxième année d'université. Son projet, c'est de faire le tour du monde avec un micro et un bloc-notes. Quand même, c'est quelque chose. On a eu une sorte de coup de foudre amical, elle et moi. On se voit souvent, on se tanne jamais de se parler. C'est une œuvre d'art contemporaine, cette fille-là, une magnifique sculpture faite à la main et remplie d'idées farfelues. Ça change des Céline et des filles en série.

Un clochard qui s'appelait Mohamed et qui bougeait rarement de son banc saluait Jeanne en français chaque fois qu'il la voyait passer. La troisième fois, elle prit place à côté de lui.

—Vous parlez français? Oh mon Dieu, ça fait du bien!

Mohamed était marocain et parlait aussi bien l'allemand que le français et l'anglais. Il avait quarante ans mais on lui aurait prêté une bonne dizaine d'années de plus. Il lui manquait plusieurs dents, sa peau était usée, ses cheveux grisonnaient et se raréfiaient. Il se montra également tout heureux de parler la langue de son enfance, et leur rencontre devint une habitude. Chaque jour, Jeanne passait, s'asseyait dix minutes ou deux heures, et Mohamed lui apprenait l'Allemagne.

— C'est quoi l'espèce de long mur qui finit pas? C'est ça, le mur de Berlin? On passe par où pour aller de l'autre côté? demanda Jeanne.

Mohamed expliqua Berlin, le communisme, la guerre et l'érection du mur. Jeanne rit.

— Non mais sans farce… Euh, sans blague, on fait comment pour aller de l'autre côté?

Elle n'avait jamais entendu parler du fameux mur qui enfermait une population complète en plein cœur de l'Europe. Elle mit un moment avant d'écouter sérieusement Mohamed, mais quelques minutes de plus et ce fut un déluge de questions. Jeanne voulut tout savoir.

— Il doit y avoir moyen de traverser, quand même ?
— Oui bien sûr, il y a moyen. Ça coûte trente marks. Et tu sais quoi ma belle Jeanne, dans cinq jours je vais recevoir mon chèque de chômage, et je vais t'y emmener.

Jeanne joua la joie. Elle ne croyait pas Mohamed, mais trouvait la promesse gentille. Un chèque de chômage ! Il a autant l'air d'un ancien travailleur que moi d'une danseuse à gogo, se dit-elle.

Le journal de Jeanne

Ben voyons donc que ça se peut, ça! En 1988, du monde prisonnier d'un mur? Franchement, j'y croyais pas à l'histoire de Mohamed, j'en reviens pas. J'étais tellement sûre qu'il me niaisait, quand il m'expliquait ce cauchemar-là. Le monde est fou ou quoi?

C'est sûr que j'ai déjà entendu l'expression «mur de Berlin». Mais je pensais pas du tout à un truc semblable... J'imaginais une sorte de muraille de Chine, de pyramide d'Égypte, de tour Eiffel. Bref, une bébelle pour attirer les touristes. Comment j'aurais pu penser que c'était un vrai mur? Tu parles d'une idée bâtarde. Comment ça se fait que personne écrit de livre là-dessus?

Mohamed, c'est mon nouvel ami. Un Berlinois. Un robineux arabe qui parle français. Y'est super cool, il m'apprend toutes sortes d'affaires. Il est pas mal moins vieux que mon grand-père, mais il me fait penser à lui. Hier, il m'a emmenée à Berlin-Est. Trop malade. Le gars vit comme le plus pauvre des pauvres, passe ses journées à boire de la bière sur un banc de parc, mais il reçoit du chômage pour vrai. Ça doit être du BS, il a trop pas le profil du gars qui travaillait, ou sinon ça remonte au temps des dinosaures, il est vraiment magané. En tout cas, c'est un gars de parole, je peux pas dire le contraire. Moi qui pensais qu'il faisait son smatte pour que je retourne le voir, je me suis trompée ben raide. De toute façon, je serais retournée le voir pareil, il est super intéressant et en plus, vu qu'il parle ma langue, je comprends tout. Ici, c'est beaucoup.

Berlin-Est... Y'a des trous de balles dans plein de murs, il manque des bouts d'églises et d'autres buildings. Mais j'ai beau essayer, j'arrive pas à imaginer la guerre, les gens ont pas l'air assez sauvage. Mais y'a vraiment eu la guerre, ça a laissé des traces partout. On s'est promenés une couple d'heures. La ville est super propre, y'a pas de déchets nulle part. Par contre, y'a des policiers partout. C'est intimidant.

Il y avait un magasin de l'Ouest. Un magasin de l'Ouest, c'est un endroit où ils vendent du café, du chocolat et d'autres produits « de luxe », mais juste à ceux qui ont le bon passeport. Un passeport qui vient d'ailleurs. Hahaha ! Du chocolat, c'est du luxe ! Je ris mais c'est vraiment chien. Si j'habitais ici, on te les ferait-y brûler assez vite, ces magasins racistes-là. C'est scandaleux, je suis scandalisée. Dans les restos, c'est aussi pathétique, mais c'est comique malgré tout. T'as un plat du jour. Pis c'est ça. Tout le monde mange la même affaire. C'est spécial. Berlin-Est a pas d'allure.

En nous promenant sur une grande place, on a rencontré Jens et Jana. Jean et Jeanne. C'est cute. Un couple super gentil mais que je trouvais très étrange :

dès que quelqu'un paraissait, ils se taisaient. Ils nous parlaient juste quand il n'y avait personne autour. Mohamed m'a expliqué qu'ils ont pas le droit de parler aux étrangers, qu'ils pourraient se faire arrêter. J'ai eu de la misère à croire ce boutte-là.

Jens et Jana nous ont proposé de les suivre jusqu'à chez eux, mais en conservant une certaine distance. C'était excitant. Je me sentais comme une actrice dans un film d'espionnage. Eux, par contre, avaient pas l'air de triper tant que ça ; elle, surtout, paraissait hyper nerveuse. Ça se voyait à sa façon de marcher sur l'avant de ses pieds en se grugeant les cuticules.

On a fini par entrer dans un immense bloc rectangulaire en béton gris. Aussitôt l'air a changé et s'est raréfié. Ils doivent pas aérer souvent. Leur appartement, juché au cinquième étage, était minuscule. J'ai jamais même imaginé que ça se pouvait, des cuisines aussi petites. Chez nous, on appelle ça des garde-robes. Vu la grosseur du bloc, ils doivent être des milliers entassés là-dedans. De dehors, c'est franchement tristounet, mais l'intérieur est tout de même assez propre et clair. Chaleureux, même. Jana a le tour de décorer.

Une fois chez eux, ils se sont lâchés lousses. Les deux parlaient en même temps, super vite, pour pouvoir placer le plus de mots possible à la minute. C'était un peu étourdissant. C'est fou, ils ont jamais pris de cours d'anglais ni l'un ni l'autre mais les deux le parlent super bien. Ils l'ont appris tout seuls dans les livres. Faut vouloir pareil. Ils étaient hyper curieux, ils voulaient tout savoir sur l'ailleurs. Comment on mange, comment on étudie, comment on vit. Je me débrouillais pas pire avec mes réponses jusqu'à ce qu'ils veuillent savoir ce que le reste du monde pensait du fameux mur de Berlin. Euh... Malaise.

J'ai failli leur répondre que personne était au courant, mais je me suis retenue, ça les aurait désespérés. J'ai plutôt dit qu'on trouvait ça affreux et inhumain, que ça se faisait pas de priver les gens de liberté de mouvement ou de choix au restaurant. De toute manière, c'est pas vraiment un mensonge, il doit quand même exister du monde au courant en dehors de l'Allemagne et ces gens-là doivent penser ça.

Leur rêve, à Jens et Jana, c'est de voyager. C'est triste de cultiver un rêve pareil quand tu peux même pas sortir par la porte de ta ville. Se sauver, oublie ça, le mur est incontournable, super haut, et contrairement au côté ouest, tu peux pas le toucher de ce côté-là. Y'a une zone large de plusieurs mètres qui le longe, et il paraît que des mines sont enterrées un peu n'importe où. Les gars qui ont construit cette horreur étaient vraiment enragés. Je le vois, mais on dirait que j'y crois toujours pas. C'est trop surréaliste pour moi.

Mohamed m'a fait peur, le con. Il a dû boire du fort en cachette, c'est pas possible d'être dans cet état-là pour deux ou trois bières. Il a disparu. On le trouvait plus nulle part. Au début, je m'en foutais pas mal, c'est à lui de pas boire, mais Jens m'a prévenue que j'aurais des problèmes sérieux à la douane si je sortais pas en même temps que la personne avec qui j'étais entrée. Tout est checké, tu arrives avec quelqu'un, tu repars avec. Idem pour tout ce que tu as. Ils font la liste d'exactement tout ce qui se trouve dans ton sac et dans tes poches, ça prend un temps fou. Les soldats te pointent avec un long fusil ou une mitraillette. Je sais pas la différence entre les deux armes, mais une ou l'autre, ça fait le même effet. Ça rend nerveux, tu veux pas faire de geste brusque. Je sais pas ce qui arrive si tu perds un objet. Les douaniers ont pas des faces à se faire offrir une couple de marks pour te laisser aller, je plains en estie la personne à qui ça pourrait arriver. Moi, j'ai fait super attention. Une prison, même aussi grande, je niaise pas avec ça.

Je me serais jamais douté que j'étais libre à ce point-là. Dans le fond, les Berlinois de l'Est, c'est des adultes pognés pour passer leur vie dans un centre d'accueil grand comme une ville. Je suis vraiment contente d'être canadienne. Plus j'y goûte, plus je mangerais juste ça, de la liberté. En canne, en tranches, en bouilli. À toutes les sauces. Qu'on m'enferme encore et je crève, je le jure.

C'était un après-midi sans façon où tout le monde apportait ses restants, une idée de Georgette qui trouvait qu'on gaspillait trop et qu'on ne se voyait pas assez. Rosanna serait présente, Nathalie, Chantal et Julie viendraient avec Élizabeth. Ça se passait chez Georgette, dans son nouvel appartement de la rue Fullum, au coin de Rachel.

Georgette travaillait toujours pour les mêmes patrons et pleurait encore ses enfants disparus les jours anniversaires de leur mort et de leur naissance. Autrement, elle était ce que l'on appelle une personne heureuse. Des moyens limités mais des envies qui ne coûtaient pas grand-chose, un corps gros comme une laveuse mais qu'elle bichonnait et parfumait avec un amour sincère. Elle avait le bonheur facile, la Georgette, un bonheur qu'elle arrosait tous les soirs de rhum et de bière, sans toutefois sombrer dans l'excès. Passé une certaine dose, elle s'endormait. Chacun le savait, un souper chez la Brisebois finissait rarement après minuit.

Élizabeth arriva la première avec un reste de jambon, une douzaine d'œufs et ses trois filles. Elle allait préparer une omelette. Georgette avait sa lasagne toute prête, et Rosanna avait promis d'apporter une soupe aux pois et du macaroni au fromage.

— Tes enfants sont pas là, Matante ? demanda Élizabeth.

— Les filles vont arriver tantôt. Yvan, il pourra pas, y'est encore en prison.

— Encore ? Il venait juste de sortir…

— Tu le connais, Yvan, il peut pas s'empêcher de faire des niaiseries. Pis les bœufs le lâchent pas, quessé que tu veux faire ?

— Ouain, c'est pas joyeux, ça, dit prudemment Élizabeth.

— Bof. Y'est aussi ben là tant qu'à moé, au moins je suis pas inquiète. J'te dis, c't'un sans-génie celui-là. Le vrai gars de son écœurant de père.

Élizabeth ne releva pas. Une fois Georgette partie sur la fatalité qui lui avait fait enfanter un pareil fils, elle ne tarissait plus. Et fatalement, on revenait sur ce jour fatidique où sa famille avait été amputée de ses deux plus jeunes, à cause d'Yvan. La Georgette n'en démordait pas et ne ratait pas une occasion de le rappeler à son aîné : « Si je t'avais pas mis au monde, mes gars seraient pas rendus au ciel. » C'était mesquin, chacun le savait. Les deux braqueurs de banque n'avaient pas eu besoin de leur grand frère pour aller se faire tirer comme des lapins par des policiers. Et quant au Ciel, s'il existait, il y avait fort à parier qu'il aurait remis les deux enfants chéris de Georgette dans la navette express pour l'Enfer. Mais ça ne servait à rien d'obstiner la grosse Brisebois, ça ne finissait que par la faire brailler et dégouliner de morve.

— Pis toé Lizon ? As-tu des nouvelles de ta fille ? demanda Georgette. Où c'est qu'est rendue ?

— Elle devrait appeler demain. J'suis tellement tannée. Elle m'avait dit qu'elle reviendrait, mais elle est pas capable de se brancher. Elle arrête pas de changer d'idée.

— Ah je comprends ça. La p'tite Jeannette ! On aurait jamais pensé qu'elle se pousserait aussi longtemps. Veux-tu ben m'dire ce qui y'a pris, pour l'amour ?

— Il lui prend qu'elle est un peu déconnectée, des fois. Elle sait pas ce qu'elle fait. Elle voit un billet d'avion, elle l'achète, elle part. Pour elle, c'est simple de même, elle pense pas plus loin. Elle pense pas qu'il y a des violeurs ou des voleurs, qu'il faut qu'elle mange, qu'il faut qu'elle dorme quelque part. J'ai hâte qu'elle se réveille pis qu'elle revienne icitte pour vrai...

— Elle a du guts pareil, la p'tite Juive.

— C'est pas du guts, Matante, c'est de la folie. Mais elle va finir par se tanner, je peux pas croire... Elle va vouloir une vie normale, se trouver une job, retourner à l'école, je sais pas. Tu peux pas t'en aller dans un autre pays comme si t'étais dans un conte de fées. La vie, ça marche pas de même...

La fille de Georgette et Rosanna entrèrent en même temps. La nièce portait les sacs de sa tante. Les filles d'Élizabeth se levèrent pour aller les accueillir.

C'était rare qu'on se servait du salon, mais les vieux os de Rosanna exigeaient le moelleux du long sofa brun qui s'étendait sur presque toute la longueur du mur du fond, un mur beige décoré d'une toile au petit point de la Joconde dans un large cadre de bois.

Georgette s'assit à côté de sa sœur, et les trois filles se posèrent directement par terre, sur les coussins du sofa. Un beau portrait de famille, on eût quasiment juré que tout ce beau monde s'aimait. Élizabeth prépara du thé pour sa mère, servit une bière à sa marraine et offrit du ginger ale à ses filles.

Soudain, Chantal se mit à tousser. Elle avait pris une gorgée de travers et commençait à s'étouffer. Rosanna se leva vivement pour lui tapoter le dos, Georgette courut chercher un verre d'eau.

— Arrête donc de faire ton show, Chantal, dit mollement Élizabeth. Ou va tousser dans'toilette ? T'écœures tout le monde, là.

En guise de réponse, Chantal vira pratiquement au bleu. La grand-mère et la tante continuèrent de s'occuper de l'étouffée, qui finit par reprendre son souffle et un verre d'eau.

Élizabeth ne parvenait pas à gérer son antipathie pour Chantal. C'était viscéral. Tout ce que faisait, disait, pensait ou réalisait sa fille lui paraissait ridicule ou immonde, idiot ou grotesque. Chantal n'avait jamais corrigé son vilain défaut, celui d'avoir été conçue par Fournier. Comme deux autres de ses sœurs, au demeurant, sauf que c'était elle qui avait scellé le destin de sa mère, c'était à cause de cet avorton qu'Élizabeth avait uni sa destinée à un homme qu'elle ne cesserait jamais de mépriser. Et dans sa tête, ce n'était pas elle qui détestait Chantal, c'était Chantal qui se montrait détestable.

Julie prit la relève de sa tante et de sa grand-mère auprès de Chantal, qui reprenait lentement ses couleurs. Tout en épongeant le front de sa sœur, Julie continuait de parler à la ronde. Ça faisait dix minutes qu'elle se plaignait de sa belle-famille qui était riche mais qui ne voulait rien lâcher pour les aider. Elle en avait long à dire. Enfin, Chantal se remit tout à fait et Julie put gesticuler en enchaînant :

— Sont vraiment gratteux. Notre frigidaire mesure trois pieds pis notre four a juste deux ronds, mais ils s'en foutent, ils disent que c'est pas de leurs affaires. J'te dis qu'ils verront pas souvent leur petit-fils, si y'est tant pas de leurs affaires que ça.

— Franchement Julie, l'interrompit Nathalie, on dirait que tu veux leur louer ton bébé. Ils te doivent rien.

— Ils sont pleins aux as. Ils pourraient participer, me semble.

— Sont pas obligés. Mets-toi à leur place... Leur fils, y'est loin d'être un Dieu grec ou un génie. C'est normal qu'ils pensent que t'en as peut-être juste après ça, justement, leur argent...

— Ben la ! T'es pas gênée ! Je suis pas une profiteuse.

— Si tu l'dis... conclut Nathalie.

Julie, vexée, se leva net, abandonnant sa sœur Chantal.

On mangea un peu de tout, puis on spécula de nouveau sur le sort de Jeanne un moment.

— Checke-moé ben ça, dit Georgette, elle va retontir avec un mari qui parlera pas un maudit mot de français!

Julie, la bouche pleine, intervint:

— Elle va grossir en tout cas. Paraît que ça mange ben gras c'te monde-là.

Le journal de Jeanne

En ce moment, je suis toute seule dans mon appartement berlinois et je m'ennuie. Je vais repartir demain, c'est décidé. Karen est pas là, elle est allée voir sa sœur dans une autre ville. J'ose pas inviter Mohamed à fêter ma dernière soirée, il est trop prévisible quand il y a de l'alcool dans les parages et c'est sûr qu'il va débarquer avec son stock. C'est dommage, il a tellement compté, mon ami.

Après l'histoire d'Ahmar, à Ostende, j'aurais jamais pensé être amie avec un Arabe. Il m'a tellement dégoûtée celui-là, j'en aurais vomi sur l'Arabie au grand complet. Mais sont pas tous pareils, ça existe pas, au fond, du monde pareil. Mohamed est vraiment une des personnes les plus gentilles et généreuses que j'aie rencontrées jusqu'à date. Pas seulement dans mon voyage, dans toute ma vie. Il voulait rien de moi, il m'aimait gratis comme un grand frère.

Je sais pas encore où je vais aller, mais une chose est sûre, Mohamed va me manquer. Ça commence à être dur de quitter les gens tout le temps. Je sais pas si c'est l'Allemagne qui fait ça, mais Karen aussi, j'aurais bien voulu la garder dans ma vie.

Ça fait presque six mois que je suis partie, mais on dirait que ça fait dix ans. Dix vies, même. Tu te réveilles le matin dans une ville, tu te couches le soir dans une autre, pis entre-temps, t'as rencontré quarante personnes. Le temps passe pas, il est trop chargé.

Je me demande à quoi ressembleraient les feuilles de route vertes du centre d'accueil, si j'en remplissais encore. *Quel était ton objectif aujourd'hui ? Es-tu fière de ce que tu as accompli ? Que ferais-tu pour être encore plus satisfaite ? Comment résumerais-tu ta journée, en deux phrases ?* Ouain, je serais mal prise, faudrait que je remplisse un cahier chaque soir. Pis que je me trouve des objectifs.

Ma pancarte est prête. Je m'en vais dans la ville qui a inventé le hamburger. Les Beatles ont déjà joué à Hambourg, je pense même que c'est là qu'ils ont commencé. Je vais essayer de trouver le Star-Club, parce que ça regarde mal pour Liverpool. C'est trop loin, j'aurai pas le temps.

L'aire de parking de la station-service était bondée de camions stationnés pour la nuit. Parmi eux, celui de trois Danois en route pour la Bretagne. Le trio avait remarqué la petite voyageuse errante. Aussitôt les paris avaient été lancés et, minuit passé, perdus. La belle pouilleuse n'était venue voir aucun d'entre eux pour demander une ride ou leur offrir une pipe, les blagues douteuses avaient fini par être épuisées.

Le lendemain, ils déjeunaient à trois dans la cabine de Niels. Une odeur de toasts et de café réchauffait l'habitacle, le transformant en une sorte de mini salon. Les sièges pouvaient se tourner dans toutes les directions, une couchette faisait office de canapé pour les invités et une petite table se dressait commodément pour servir de centre et de sert-à-tout. Ce matin-là, le bruit de la pluie sur la tôle meublait agréablement le silence. Les hommes parlaient peu.

— Tiens, si c'est pas la belle Canadienne avec son p'tit drapeau qui se ramène, dit l'un.

— On se la fait ? dit un autre.

— Bah, ça a pas trop l'air d'une pute, les gars... dit le troisième.

— C'est toutes des putes ! répondirent les deux autres à l'unisson et en éclatant de rire.

On frappait à la portière côté conducteur. Jeanne se tenait sous la pluie, le menton en l'air. Elle demanda si l'un d'eux allait vers Amsterdam.

— Non. Mais monte, monte... Viens prendre un bon café avec nous!

Jeanne grimpa prestement dans le camion.

Si Niels aimait bien passer pour une sorte de gros blasé devant les confrères, il devenait tout timide devant l'objet de ses farces grasses. Il offrit des toasts, des confitures et du fromage à Jeanne, qui accepta le tout avec une reconnaissance bilingue. «*Thank you very much*, ça me fait trop plaisir.»

On libéra le siège du conducteur pour la mettre à l'aise.

Le sans-gêne de Jeanne les amusa. Elle se resservait comme si c'était un buffet de Noël, causait la bouche pleine, les faisait rire avec ses mimiques quand elle ne connaissait pas un mot et qu'elle voulait l'apprendre. L'idée de la «sauter» était passée en même temps qu'elle était montée à bord, elle était bien trop jeune pour ces pères de famille en manque de leur femme mais pas de leur fille.

Personne n'allait à Amsterdam, mais Niels s'offrit de la déposer plus loin, à une jonction. Deux heures de route que Jeanne accepta avec une grande reconnaissance. Elle ne trouverait pas mieux sous cette pluie.

Les trois camionneurs transportaient du porc. De grands conteneurs réfrigérés conservaient toutes sortes de parties: les cochons faisaient le trajet à la queue leu leu, rapiécés par la force du convoi qui ne se lâchait pas et qui, dans l'heure qui suivit les présentations, s'ébranla. Jeanne était ravie.

Niels se montra plus bavard une fois ses compagnons retournés dans leur propre véhicule. Il parla à Jeanne de sa femme et de ses deux enfants, lui montra des photos, lui offrit des cigarettes. Ils roulaient lentement, la pluie tombait en enragée.

Jeanne lui expliqua qu'elle ne voulait passer qu'une seule journée à Amsterdam. Pour voir, juste pour voir. On lui avait tellement répété à quel point cette ville était dangereuse et surpeuplée de junkies qu'elle avait admis que c'était possible que les autres aient raison. Elle serait prudente, arriverait tôt, repartirait avant la tombée du jour et ne parlerait pas aux inconnus. On lui avait dit que la ville était magnifique, elle la visiterait en silence et en solo.

Il était à peine 8 heures lorsque Neils s'arrêta à la jonction d'Apeldoorn pour faire descendre sa passagère. Mais la pluie était si violente que même si une voiture s'arrêtait immédiatement pour l'emmener dans la capitale européenne de la drogue et de la prostitution, Jeanne serait trempée comme un lac avant d'y monter.

Niels lui proposa de poursuivre plutôt la route jusqu'en Bretagne, il repasserait au même endroit au retour, trois jours plus tard. Amsterdam serait plus agréable sous le soleil.

Il y avait deux lits superposés dans l'habitacle, Niels prendrait celui du haut, Jeanne celui qui servait de sofa. Il n'y avait aucune photo de femme nue accrochée au pare-brise – une rareté – Jeanne n'hésita pas longtemps. C'était un homme sain, elle n'en doutait pas. Niels et sa passagère rejoignirent rapidement le reste du convoi.

Les deux premiers jours se passèrent bien, malgré le ciel qui s'obstinait à déverser une tonne de pluie. La routine variait peu, le convoi roulait et les conducteurs se réunissaient pour faire griller du porc sous une bâche au bord de la route, chaque soir et avec le même appétit. Ils emmenaient ensuite Jeanne au bistrot, où les blagues en danois fusaient moins spontanément. Les hommes se tenaient bien devant la jeune fille, même si elle ne comprenait pas une syllabe de ce qu'ils disaient.

Le troisième jour se passa bien aussi. C'est au début de la nuit que tout bascula. Le convoi était garé sur un arrêt de l'autoroute prévu pour les camionneurs. Jeanne dormait profondément et se réveilla en sursaut. Niels, complètement dévêtu, lui massait l'épaule. Il était autour de minuit, ça faisait une bonne heure qu'il hésitait à descendre de sa couchette. « Une fille qui couche dans ton camion, s'étaient moqués ses confrères. Saute-lui dessus avant qu'elle s'impatiente ! » Il avait ramassé tout son courage, Jeanne lui servirait de petite femme pour la nuit.

Le journal de Jeanne

Je sais pas s'il y a eu une récente déportation de cochons en Europe, mais ces jours-ci, on dirait que je tombe juste là-dessus, des gars en manque de peau. J'en reviens pas pareil. Vouloir coucher avec moi ? Un bonhomme d'au moins quarante ans ? Ouache il se prend pour un curé ou quoi ? Il peut ben transporter des semblables dans son camion. Je suis tellement hors de moi, je vais finir par faire des trous dans mes feuilles tellement je pèse fort sur mon crayon. Faut que je me calme.

« *Just a hand, then…* » J'ai pas compris tout de suite ce qu'il voulait dire, j'étais tellement énervée. Je tenais mon walkman comme un couteau, j'étais prête à lui défoncer la tête à coups de cassette de Bob Dylan. Comment ça, juste une main ? Ah ben saint-ciboire de calvaire, il a mimé ce qu'il voulait, l'air tout piteux. Il voulait que je le crosse, maudit ! Mon anglais est moins bon que je pensais.

En tout cas il s'est vite rhabillé le ti-père. Mais son attitude a changé. De piteux il est passé à fâché et m'a ordonné de descendre de son camion. Pfff ! Voir que j'allais débarquer de son truck en plein milieu de la nuit. J'aurais dormi où? Avec les araignées? Avec des rats? Non merci, le Danois. Pis tu sais quoi? Je reste pas ici non plus.

Je sais pas pourquoi j'étais sûre de moi à ce point-là, mais l'idée de descendre m'a jamais traversé l'esprit. J'ai peur des fous, pas des caves. J'ai sorti toutes les insultes que je connaissais en anglais – va falloir que j'en trouve d'autres, c'était un peu minimaliste – et j'ai exigé (quel beau mot!) qu'il reprenne le volant et me dépose dans une station-service. Ça a pas niaisé, cinq minutes plus tard on roulait sur l'autoroute, sans dire un mot. Un moment donné, il a mis son clignotant pour se diriger vers une station, mais il y avait aucune lumière. J'ai précisé que je débarquerais pas si la station était fermée, ça a été les seuls mots que j'ai prononcés. Il a fallu qu'on roule une bonne demi-heure avant d'en trouver une ouverte. Ça lui apprendra.

Je sais plus quoi penser du monde. Franchement, le bonhomme était assez vieux pour être mon père. Il aurait vraiment joui, si j'avais dit oui?

Ça faisait au moins une heure qu'Élizabeth était rentrée du travail quand elle remarqua que les chaussures de Chantal traînaient sur le petit paillasson, dans l'entrée.

Toutes ses filles avaient la clé de chez elle, mais elles passaient rarement voir leur mère. Chantal surtout ne venait jamais sans s'annoncer. Ni toute seule. Élizabeth était intriguée, tournait les yeux dans tous les sens sans bouger la tête.

— Chantal? finit-elle par crier aux murs et au plafond.

Personne ne répondant, Élizabeth appela encore un peu plus fort puis se mit à laver la vaisselle. Entre deux assiettes, elle songea à sa fille, se demandant ce qu'elle avait bien pu faire au bon Dieu pour mériter une enfant si peu reconnaissante. Toute la famille avait beau affirmer qu'Élizabeth était plus dure avec Chantal qu'avec ses autres filles, la mère n'était pas d'accord. «Vous la connaissez pas, disait-elle, elle fait toute pour me taper sur les nerfs, elle est pareille comme son ostie de père.»

Ça ne menait nulle part de la contredire, on se taisait.

Une fois les ustensiles essuyés, le comptoir lavé et l'aspirateur passé, Élizabeth, perplexe, regarda de nouveau les chaussures de sa fille comme si elles allaient lui fournir une explication.

— Chantal ? cria-t-elle encore une fois.

Toujours pas de réponse. Tant pis, elle téléphonerait à Nathalie plus tard pour lui demander si elle savait où se trouvait sa sœur. En attendant, elle se dit qu'une douche la rafraîchirait.

Les ambulanciers laissèrent Chantal sur place. On lui avait solidement bandé les poignets et s'était assuré, à l'aide d'un long questionnaire, qu'elle ne recommencerait pas. Pour les jours suivants, on avait recommandé du calme et d'éviter l'aspirine.

Élizabeth avait signalé le 9-1-1 en panique et suivi toutes les consignes de premiers soins qu'on lui avait dictées. Ensuite, elle avait téléphoné à Georgette.

— Matante ! Viens-t'en tout de suite.

Georgette, il fallait lui rendre ça, était prompte à rendre service et se passait gracieusement d'explications préalables. Elle voudrait tout savoir de l'histoire par la suite, une sorte de bonus qu'on se faisait un devoir de lui offrir. Parfois en le regrettant. La Georgette colportait tout.

Elle irait ainsi raconter partout qu'Élizabeth, quand elle était arrivée, était couverte du sang de sa fille et avait beaucoup pleuré. Que Chantal n'avait pas dit un mot de la soirée et avait fini par s'éclipser, on ne savait pas où. « Pas de merci pas de bye, une vraie ingrate, c't'enfant-là. »

S'ensuivait son analyse. Chantal n'avait jamais été comme les autres. Trop renfermée. Trop proche de son père aussi, c'était pas normal pour une fille. Elle passait ses journées à baver tout le monde, c'était la seule façon qu'elle avait d'adresser la parole à quelqu'un. Mais au fond, elle faisait pitié, la Chantal, sa mère devrait se forcer pour l'aimer un peu plus, en tout cas l'haïr un peu moins.

— J'pense pas qu'elle voulait mourir pour vrai, conclurait-elle. Elle aurait laissé ses bras tremper dans l'bain, sinon.

Allô Céline,

Je suis enfin à Amsterdam. Ça fait presque dix jours, je tripe au boutte. C'est drôle, je pensais que c'était la ville la plus dangereuse du monde, mais pas pantoute, c'est même le contraire. Ça fait tellement bizarre, tu rentres dans un coffee shop, tu prends le menu et… t'as toutes les sortes de hash pis de pot énumérées avec leur prix. Simple de même. Tu choisis même ton beat ! Moi, c'est le Coffeeshop Pink Floyd pis celui des Doors où je vais le plus souvent, ça marche trop bien avec les joints. Pis je te parle pas de toutes les sortes de space cake imaginables. C'est du gâteau au cannabis, le mot savant pour ce qu'on fume tout le temps. Ça buzze en crisse, surtout le matin, en déjeunant.

Normalement, je touche plus trop à la dope, mais ici, t'as pas le choix. Ça serait comme aller en Italie sans manger de spaghetti ou en Colombie sans sniffer une track ; ça se fait pas.

La ville est juste magnifique. Pleine de canaux, de rues pavées et de bicycles. Y'a plus de bikes que d'autos, ça fait une autre sorte de bruit. Des dring-dring au lieu des klaxons, c'est plus doux à l'oreille. J'ai toujours pas trouvé de job, ce qui n'a rien de surprenant vu que j'en cherche pas. Pourquoi travailler quand je peux quêter en une heure ce que je gagnerais en une journée à suer ?

Sinon, pour les nouvelles plates, figure-toi que ma sœur Chantal a essayé de se suicider la semaine passée. C'est bizarre, j'arrive pas à savoir si c'est une bonne chose ou non qu'elle se soit ratée. Ça sert à quoi de respirer quand t'es malheureux, ça sert à quoi d'exister quand t'as pas de but ? À rien, ça sert juste à te fatiguer un peu plus chaque jour. Mais quand même, elle est jeune, ma sœur, pour être aussi tannée, tu trouves pas ? Vingt-deux ans, c'est pas beaucoup.

Je voudrais bien lui écrire, mais je sais pas son adresse. Elle déménage tout le temps, ça prendrait un carnet pour elle toute seule... Peux-tu essayer de me trouver ça ? J'ose pas trop demander à ma mère. Excuse-moi d'être aussi intense, hein ? Ça doit faire trop longtemps que j'ai pas parlé français, je dégouline de mots comme une borne-fontaine.

Pis toi ? Ça va ? Tu vas pouvoir me répondre en personne bientôt ! Je reviens !

Jeanne

Nathalie avait invité ses sœurs Chantal et Julie à organiser une fête des Mères hors saison. Une idée lue dans un magazine pour se sentir mieux. On inviterait Élizabeth chez Giorgio, il y avait 20 % de rabais les dimanches midi. On emmènerait la tante Georgette aussi, un coup parti.

Chantal déclina. Depuis la scène de suicide manquée chez sa mère, aucune tentative de rapprochement n'avait été faite de part ni d'autre. On avait tourné une sorte de page, fermé une sorte de livre. «La Chantal», qu'on disait. Ça résumait tout.

Julie, elle, se précipita. La jeune Fournier ne ratait pas une occasion de se distraire. Sa famille lui manquait, elle avait peu d'amis. Ne plus aller au bingo créait aussi un vide, mais elle s'était résignée à s'en passer, on y fumait vraiment trop pour le bébé.

Élizabeth se présenta toute seule chez Giorgio.

— Julien est pas là? demanda Nathalie.

— Ben... vous m'avez pas dit de l'inviter, répondit Élizabeth.

— Bonne fête des Mères en retard! s'exclamèrent Georgette et ses deux filles à l'unisson.

On commanda des soupes, des pâtes et le gâteau du jour, le tout accompagné d'une carafe d'eau. Il n'y avait que du thé et du café inclus dans la table d'hôte, on le boirait au dessert.

Élizabeth paraissait heureuse. Elle enroulait joyeusement ses spaghettis autour de sa fourchette et avait découpé ses trois boulettes en petites portions pour les faire durer. Entre deux bouchées, on se moquait gentiment de Julie qui avait prénommé son fils Jason.

— Tu te prends-tu pour une Anglaise de Westmount, coudonc ? demanda Georgette.

— Ça fait plus BS qu'anglais, si je me fie aux Jason que j'avais dans mes classes, dit Nathalie.

— Franchement, riposta Julie. Vous avez jamais eu de goût, je vous écoute même pas. Jason, c'est beau pis c'est toute.

Élizabeth les écoutait parler et retenait son opinion. Que son petit-fils s'appelât Ephrem ou Bouton-de-porte lui importait peu, ce qui l'inquiétait était de savoir comment sa fille pourrait s'occuper d'un enfant. Mais elle préféra éviter le sujet.

— Votre sœur a écrit une sorte de livre, commença Élizabeth quand on attaqua le dessert.

— Pour vrai ? Ça parle de quoi ? demanda Nathalie.

— Ça parle de toute notre famille, dans un sens. Est pas méchante, mais est pas fine non plus, poursuivit Élizabeth. On vient qu'on sait pu quoi en penser, pour toute vous dire.

— Elle parle-tu de moi aussi ? demanda encore Nathalie.

— Elle parle de pas mal tout le monde, oui. De toi aussi… C'est un livre bizarre, pas super bien écrit, mais ça nous fait rentrer un peu dans sa tête. Ma pauvre p'tite Jeanne, quand j'y pense, elle l'a pas toujours eue facile.

—Y'a personne qui l'a facile, Lizon, c'pas ben grave, ça, dit Georgette. Cré p'tite Juive, en tout cas, elle m'étonnera toujours, celle-là.

— Elle va se prendre pour une autre, c'est sûr. Plus fraîche-pet que Jeanne, ça se fait pu, dit Julie.

— Oh arrête, dit Élizabeth. T'as toujours été jalouse de ta sœur, lâche-la un peu !

— Jalouse d'une droguée ? Pfff !

— C'est pas une droguée. C'est fini ces affaires-là.

—T'es vraiment naïve, m'man, tu fais quasiment pitié. Ça se soigne pas ce monde-là, regarde ton frère Alain…

La gifle partit si vite que tout le monde prit la même bruyante et courte inspiration. Hanh ?

—Va-t'en, Julie. Décâlisse avant que je t'arrache la tête, crachota Élizabeth au milieu d'un lourd silence.

Georgette tenta de détendre l'atmosphère avec une blague crue, mais personne ne rit. On les avait entendues cent fois, les blagues de curés et de tapettes de la Georgette, ça ne faisait plus son effet.

Le journal de Jeanne

Je pensais à ma famille ce matin. C'est weird, on dirait que je m'ennuie de mes trois sœurs. Ça m'a pognée il y a une couple de jours, je pensais que ça passerait, mais non, j'aurais vraiment envie de les voir autour d'une table ou écrasées dans des sofas. On pourrait jouer aux cartes ou niaiser le monde au téléphone, chanter du Joe Dassin, avoir du fun. On était amies avant, la plupart du temps.

Le courant a complètement arrêté de passer. Des petites décharges de temps en temps, mais ça vaudra jamais nos fous rires quand on était enfants. Je comprends vraiment pas pourquoi j'ai autant envie de les voir. C'est quasiment physique, j'écris ça pis ça me fait une petite oppression dans le ventre.

Le voyage aura eu ça de bon que j'ai arrêté d'en vouloir à tout le monde et à son cousin. J'ai pu de raisons de les haïr, c'est juste la vie. C'est quand même grâce à cette troupe de mésadaptés si je suis partie. En plus, maintenant que j'ai écrit un livre, ils vont être obligés de me respecter. Y'a personne qui méprise les écrivains, y'a personne qui te chie dessus quand tu deviens enfin quelqu'un.

Il s'est passé tellement d'affaires, j'ai rencontré tellement de monde, vu tellement de places différentes, j'espère que je capoterai pas trop de retourner dans un cinq et demi à Pont-Viau, à côté du bingo. Si ça se trouve, je vais aller squatter chez Céline en attendant qu'on parte faire le tour de l'Amérique du Sud ensemble. Elle pourrait ressembler à ça ma vie, voyager d'une place à l'autre, quitte à travailler de temps en temps. On sait jamais, peut-être aussi que je vais devenir riche en écrivant des livres, accotée sur n'importe quel arbre dans le monde, ou sur des terrasses au soleil. On verra ben...

Ma mère est ben énervée que je revienne, elle s'est écrit toutes sortes de plans dans sa tête. J'ai rien dit pour pas casser son fun, mais non, j'ai pas l'intention d'être caissière au dépanneur de son frère ni de faire le ménage avec ma marraine. Je veux même plus m'appeler Jeanne Fournier. Je veux m'appeler Jeanne Toucourt. Un nom de famille, c'est trop lourd à porter.

Aujourd'hui c'est vendredi. La semaine prochaine, j'ai rendez-vous à la maison d'édition pour mon livre. Autant j'étais excitée quand je l'ai su, autant on dirait que ça me fait pu rien à force d'y avoir trop pensé. J'espère que je vais être plus normale que la dernière fois avec le gros tas pis ses sales pattes. Gros crisse de porc, il doit avoir du sang grec ou scandinave. Je vais parler de lui dans mon prochain livre.

Je vais aussi aller faire un tour à mon ancien centre d'accueil un moment donné, bientôt. Pour le kick de leur prouver qu'ils avaient pas raison, que je suis pas juste un sale petit pion sans désirs ni valeur, un sale petit pion sans nom. Va falloir qu'ils travaillent pas mal plus fort pour nous écraser pour vrai, les cons. Mais même eux autres, je les déteste moins. Je m'en fous. Ils m'ont pas eue, c'est l'essentiel. Je m'appelle Jeanne Fournier et je vous emmerde! Non, je m'appelle Jeanne Toucourt pis allez donc tous chier!

J'écris n'importe quoi. Mais c'est vrai que j'aimerais ça changer de nom. Ce serait logique vu que j'ai changé de vie.

La mort rôdait autour de Raoul ; une ombre au-dessus de son lit, un grand nuage au-dessus de sa raison. Il la sentait un peu plus près chaque matin. À soixante-seize ans, l'ancien peintre-lettreur avait renoncé à toute forme de vie charnelle. Ça s'était installé tout seul. De moins en moins de désirs, puis plus rien du tout, au point où il lui arrivait de se demander s'il n'avait pas rêvé sa vie passée. Maintenant que la pulsion avait disparu, il ne comprenait plus ses érections d'antan. Ça paraissait si simple, vu de loin, de se retenir.

Raoul était assis dans sa petite cuisine, ruminant sa vie passée en buvant un café agrémenté d'une larme de cognac. Normalement, c'était sans effort qu'il ne buvait pas d'alcool avant midi, mais ce matin-là, rester sobre relevait du combat. Un carton de Matinée king size était posé sur la table, et à force de le triturer, Raoul avait fini par le déchiqueter. Les paquets de cigarettes s'étaient éparpillés, et Raoul, qui aimait l'ordre, était contrarié.

C'était la troisième fois qu'il relisait les photocopies que sa fille lui avait envoyées. Sous la plume de Jeanne, il contemplait ce qu'il aurait pu être s'il n'avait pas été si vicieux. Bien entendu, ce n'était pas entièrement sa faute : les gamins l'avaient tellement cherché, toujours la tête fourrée entre ses jambes pour jouer. Et ses fils qui s'étaient tellement frottés sur lui. Il aurait bien aimé connaître celui qui aurait résisté. Tout de même, vu de loin, ces images le mettaient mal à l'aise, il ne comprenait plus pourquoi il avait succombé si facilement.

Sa belle-sœur entra comme une tornade et le tira instantanément de ses pensées. Il attendait sa visite un peu plus tard mais se montra enchanté de la diversion. Il lui offrit un café parfumé.

— Anwèye donc ! Après toute, une goutte de boisson a jamais tué parsonne !

— As-tu des nouvelles des filles d'Élizabeth ? put demander Raoul quand sa belle-sœur prit une gorgée. Comment est-ce qui vont, les p'tites ?

Georgette le renseigna autant qu'elle put. Elle ne voyait pas si souvent ses petites-nièces, mais les coups de fil à sa sœur Rosanna la tenaient à jour. Le garçon de Julie se portait à merveille mais la pauvre avait engraissé comme si elle attendait une nouvelle portée. Elle sortait quand même pas mal, on la voyait dans tous les soupers. Jeanne était encore à l'autre bout du monde à se promener, mais allait revenir bientôt. Les deux grandes, Chantal et Nathalie, se débrouillaient bien, le chum de la grande était fin. Blablabla.

Tout en parlant, elle touillait une sauce à spaghetti et une soupe au poulet sur la cuisinière. Ça changerait le vieillard du ragoût et de la soupe au chou que Rosanna lui apportait. La Brisebois vieillissait mais n'avait rien perdu de son penchant nourricier. Sa façon d'aimer son monde, qu'elle disait.

— Lizon t'a-tu parlé du livre de Jeanne, trouva le moyen de placer Raoul dans le monologue de son ex-belle-sœur.

— Ben oui toé! C'est quoi cette histoire de livre là? Lizon a commencé à en jaser, mais ça a fini par une claque su'a yeule à Julie. J'te dis qu'elle a pas la langue dans sa poche, la p'tite vlimeuse. Mais en tout cas, je te conterai ça après… C'est quoi, cette histoire de livre là?

Raoul voulut esquiver en deux phrases, mais l'envie d'en parler lui picotait tellement la langue qu'il finit par admettre en avoir lu une certaine partie, sans même que Georgette ait besoin d'insister.

— Faudra ben que quelqu'un me lise ça! Hey, un beau livre de ma filleule… Moé tu l'sais, je lis pas ben ben… Ça m'endort, quand c'est pas écrit sur du journal.

Raoul lui promit de lui en lire des passages quand le livre sortirait. C'était une bénédiction que Georgette méprisât autant l'univers des livres, le roman de sa filleule l'aurait démolie. Aucun doute que Jeanne aimait profondément sa marraine, ça se sentait au fil des mots, ça s'imposait de chapitre en chapitre. Mais la froideur, le détachement de la petite dans la tragédie qui l'avait privée de ses deux petits-cousins et qui avait dévasté leur mère à jamais avaient de quoi donner des sueurs dans le cerveau. On la voyait autrement, la petite Jeannette aux airs angéliques, après l'avoir lue. Elle faisait un peu peur.

Jeanne devait atterrir en tout début de soirée. Nathalie prendrait sa voiture pour que toute la famille – Georgette, Rosanna, Nathalie, Chantal et Julie –, puisse se rendre à l'aéroport ensemble. La petite Renault 12 d'Élizabeth ne pouvait contenir tout ce beau monde et la mère tenait à ce qu'ils soient tous là pour montrer à Jeanne que sa famille existait, qu'elle rentrait réellement chez elle. Raoul ne viendrait pas, il était cloué au lit par la maladie. Un message avait été laissé à Céline pour l'inviter à les accompagner, mais elle n'avait pas rappelé.

Par un coup de hasard peu banal, on eut des nouvelles de René Fournier le jour même du retour de Jeanne. On avait retrouvé son corps – d'ailleurs des plus vivant – dans une plantation au cœur de la vallée de l'Okanagan, en Colombie-Britannique. Il avait été arrêté une semaine auparavant pour vol et détournement de caisses de pommes, puis rapatrié au Québec et relâché. Sa mère mourrait sans être remboursée, mais les autorités avaient cru utile de prévenir les témoins sollicités lors de l'enquête – Élizabeth et ses filles, entre autres –, du dénouement de l'affaire. Nathalie avait écouté poliment, Chantal avait posé cent questions, Julie avait obtenu son adresse, et Élizabeth, enfin, avait raccroché brutalement en remerciant d'avance son interlocuteur de ne plus l'écœurer avec ce tas de vidanges là.

Chez Élisabeth, les coups de téléphone s'étaient succédé dans l'heure. Julie et Chantal se décommandaient pour aller voir leur père, Nathalie avait un peu mal au ventre, si on pouvait se passer de la voiture de son chum... Georgette la dérangea aussi, mais seulement pour s'assurer que Jeanne arrivait toujours à la même heure.

Une foule grouillait de l'autre côté des barrières. Élizabeth se juchait sur ses orteils et s'appuyait sur l'épaule de sa tante pour tenter d'apercevoir les passagers qui émergeaient des longues portes vitrées. Ses efforts étaient inutiles, la masse bougeait trop. Même Julien, pourtant beaucoup plus grand, peinait à voir quoi que ce soit.

Georgette étouffait et ne le cachait pas. Elle se mit à vociférer, en donnant des coups de sacoche autant que faire se pouvait.

— Câline, tassez-vous! Je suis tout petite, vous allez me ramasser en purée dans vos craques de fesses!

Après une attente qui lui parut interminable, Élizabeth lâcha un petit cri.

— Est là! C'est Jeanne, est là! Oh mon Dieu, elle a donc ben grandi!

Jeanne, évidemment, n'avait pas pris un pouce; sa croissance était terminée. Mais Élizabeth, en détaillant sa fille, la comparait au souvenir qu'elle avait d'elle et s'émerveillait de voir cette jeune adulte élancée se déplacer dans la file de voyageurs qui sortaient.

Julien s'occupa de leur frayer un chemin. Elizabeth se faufila dans son sillon, contenant mal son excitation. Elle aurait voulu pouvoir crier, chanter, cracher l'excès d'émotion qui se nouait en une boule gigantesque dans son ventre, mais n'arrivait qu'à sautiller sur place, avec des bruits de souris. Georgette hurlait de sa grosse voix rocailleuse : «Attendez-moé, attendez-moé, pour l'amour!»

Jeanne souriait. Un sourire heureux, franc, sincère. Un sourire fier aussi. Sa mère se planta devant elle alors que Georgette, arrivée derrière, se pendait déjà au cou de sa filleule en lui tapotant les joues. Ni la mère ni la fille n'avaient l'élan de se toucher, le geste n'était pas naturel. La parole vint à leur secours.

— Allô maman! Allô Julien! Allô Matante! Ça va?

— Ben oui, pis toi? Le voyage s'est bien passé? Passe-moi ton sac, donc», dit Élizabeth.

Julien pour sa part souleva Jeanne de terre en l'embrassant bruyamment sur le front.

— Les autres sont pas là? demanda Jeanne en scrutant les alentours.

— Ben non, figure-toé donc que... commença Georgette.

Jeanne tenta de masquer sa déception, mais son sourire s'éteignit malgré elle. Elle s'était créé mille scénarios pour son arrivée, celui-là avait échappé à son imagination. Elle en voulut à sa mère, qui n'aurait jamais dû lui promettre que ses sœurs se déplaceraient. Mais c'était sa propre faute aussi, finit-elle par conclure, elle aurait mieux fait de ne s'attendre à rien, c'était encore la meilleure manière de n'être jamais déçue.

— Fais pas c'te face-là ma p'tite Jeannette, dit Georgette. Viens, on va aller manger un bon hot chicken chez Saint-Hubert. T'aimes encore ça pareil, hein, le bon manger de chez nous ?

Le journal de Jeanne

C'est décidément une semaine marquante. Hier, j'ai rencontré la Legardeur de la maison d'édition. Elle est super fine, la bonne femme, mais Seigneur qu'elle a l'air sévère. C'est ses grosses lunettes et sa façon de s'habiller qui font ça, je l'imagine mal sortir de la douche pis en imposer autant. Cela dit, même si je me sentais hyper impressionnée, j'ai pas bafouillé, je me suis pas enfargée, j'ai fait ça comme une grande. On a parlé un peu plus qu'une heure, je me suis rarement sentie aussi importante de toute ma vie. Je lui ai parlé un peu de mon voyage et beaucoup de mon grand-père. Elle voudrait que j'en mette un peu dans mon livre, que je remplisse certains silences. J'ai deux mois pour le finir. Elle a plein de bons conseils, mais ça, je sais pas trop. Je vais y penser. C'est pas con dans un sens, c'est vrai que j'ai besoin d'en finir pour passer à du nouveau stock, mais si je fais ça, ma mère va me tuer.

J'ai cent mille questions qui se bousculent dans ma tête et pourtant, j'ai l'impression qu'elles se résument toutes à la même. Je suis rendue qui, moi ? Est-ce que je suis les deux Jeanne, celle d'avant fondue dans celle de maintenant ? Est-ce que je suis la nouvelle, la Toucourt qui a écrasé la Jeannette d'un coup de talon sec et définitif ?

Je voudrais renier la fille que j'ai été de ma naissance à maintenant, enterrer la version façonnée – tout croche en plus – qui était pas moi. Au feu mon passé, mes souvenirs et mes manies. La vie a l'air tellement simple quand on simplifie.

J'habite encore chez ma mère, dans son cinq et demi miteux au tapis noir et vert mur à mur, dans ma vieille chambre au plafond trop bas. Mon plafond est pas plus bas qu'ailleurs, mais ça m'écrase pareil. Je regarde la grosse étagère qui cache presque tout un mur, je me souvenais pas que j'avais autant de bébelles inutiles. On en ramasse pareil, des cochonneries.

Aujourd'hui il pleut, et ça fait une semaine pile que j'ai pas été toute seule une minute. Je suis allée me promener en me levant, c'est le fun la pluie quand tu sais que tu peux te sécher après. La ville est pareille, le monde aussi, mais on dirait que je les vois pu de la même façon. J'avais jamais remarqué, par exemple, qu'on avait autant d'églises et de dépanneurs, j'avais jamais fait attention aux escaliers qui descendent directement sur la rue, aux pignons colorés de la rue Saint-Hubert, aux belles façades de la rue Saint-Joseph. C'est pas si laid que ça, Montréal, quand on regarde avec des nouveaux yeux.

J'ai de la misère à comprendre comment j'ai pu autant m'ennuyer de mes amis. On a fait un souper il y a deux jours, je me suis emmerdée toute la soirée. Maxime était là, j'étais mal à l'aise. Il m'a pas lâchée trois secondes, toujours à essayer de me parler, de se rapprocher, de me toucher. Il est aussi beau qu'avant, mais j'ai pas la tête à ça. J'ai pas la tête à rien, en fait. Même chose quand je suis allée manger chez ma marraine. Toute la famille était là juste pour moi, mais j'étais ailleurs, je me promenais quelque part dans mon avenir proche, c'est-à-dire nulle part en particulier, mais partout en même temps.

Mon père est pas mort, finalement. J'aurai eu mal au ventre pour rien. Mes sœurs Chantal et Julie sont allées le voir, il paraît qu'il a beaucoup changé. Ni en mieux ni en pire, juste changé. Elles aiment ça, faire les mystérieuses. Je m'attendais vaguement à ce qu'il m'appelle et je me demandais si j'allais accepter une rencontre, un café, un souper... Là encore, je me serai pratiquée à répondre pour rien, il m'a pas donné signe de vie. C'pas grave. Mort ou vivant, dans le fond et dans son cas, ça revient pas mal au même.

C'était vraiment une semaine remplie, j'ai pas pu écrire une seule fois. On s'est organisé une soirée de sœurs, cartes et ginger ale chez Julie. Les quatre Fournier réunies, c'est rare. Ça va le devenir encore plus.

Mes trois sœurs. Céline. Mes «amis». Je pense qu'on descend pas du même troupeau de singes. J'ai pas envie de forcer quelque chose qui existe pu, j'ai pas besoin de proches à rabais. On est pas de la même race, pis c'est même pas si dommage que ça.

Mon grand-père est en train de mourir, je vais aller le voir demain ou la semaine prochaine. Ma sœur Nathalie va venir avec moi, j'ai pas envie d'y aller toute seule, de soutenir une conversation à deux. J'ai décidé que je lui dirais rien. Y'est trop tard pour la discussion ou le pardon. Il a beaucoup maigri qu'on m'a dit, lui qui était déjà gros comme une cigarette Popeye.

Je sais pas ce que je vais faire du reste de ma vie. Je me vois mal rembarquer sur la track alors que les chemins partent vers partout. Mon livre va être publié, c'est ma seule certitude, la seule chose qui me retient ici, aussi. Mais après?

J'espère qu'à force de vivre, l'envie d'écrire va passer. Ça me bouffe du temps c'est effrayant. Ça serait logique que ça se calme tout seul, t'as moins besoin de te purger quand t'arrêtes de te faire chier. C'est déjà commencé d'ailleurs : j'achève mon cahier, j'en ai pas racheté de nouveau. Au fond, le secret du malheur c'est peut-être juste ça, se retenir de vomir pis s'empoisonner par en dedans.

Le journal de Jeanne

Je travaille dans un centre de poqués. Je jase avec les « abonnés », mieux connus sous le nom d'épaves ou de déchets de la société. C'est affreux comme étiquette, mais c'est comme ça qu'on les traite. Je les aide quand je peux, je les écoute si je veux. Évidemment, je veux tout le temps. La misère des autres me fascine, je me tanne jamais d'entendre des histoires sordides qui feraient passer Aurore l'enfant martyre pour une enfant gâtée. J'ai vraiment osé juger ma famille, moi ? Seigneur, j'avais rien vu.

Au centre, y'a des jeunes, des vieux et des fous, au masculin comme au féminin, mais c'est surtout aux junkies que je m'intéresse. Peut-être à cause d'une histoire de tuque, le jour où je suis devenue adulte. C'était mignon d'essayer de réchauffer quelqu'un au mois de janvier, mais quand ça te touche comme ça m'avait rentré dedans, c'est pas assez. Je me reprends, maintenant. Le reste du staff se moque de moi et de mes « grandes » idées pour changer le monde. Ils mettent ça sur le dos de mes vingt ans, comme si l'empathie était un trip de jeunesse, un rite de passage vers l'indifférence et la fatalité. Si c'est ça vieillir, je pense que je vais rester jeune. Pis recommencer à écrire.

    Je suis en break de lunch, assise toute seule en plein soleil au parc Lafontaine. Ça fait une vie que j'ai pas écrit, en tout cas ça doit dépasser deux ans. Tout près de mon banc, y'a un couple d'écureuils qui se bat pour une noix. Ça fait dix minutes que ça dure. La noix change de pattes de temps en temps, mais le combat reprend sans cesse, ils ont jamais le temps de la manger. Sont cons. Leur butin va finir par être tout pété, ils feraient mieux de se calmer et de le partager. Mais la vie serait plate si on pensait comme ça.

Remerciements

Mélikah Abdelmoumen a relu mon texte en direct de... Lyon. On aurait pourtant juré qu'elle était à *Montréal*, au-dessus de mon épaule ou dans le salon, à côté de moi tout au long de cette ultime étape, la plus douloureuse en écriture : oser le point final. Mon livre avait besoin d'elle. Je la remercierai jamais assez.

Merci à Pascale Matuszek pour les dernières retouches finales. Pas que j'étais pas écœurée, mais il fallait ce qu'il fallait !

Martin Balthazar, merci pour ta confiance et ton infinie patience. C'était un projet un peu débile au départ, on sait tous les deux à quel point mes premières versions étaient pourries. Zéro pression, tu m'as juste attendue. Je t'ai déjà dit combien je t'aime ?

« Y'a quatre romans dans ce livre-là. » Geneviève Thibault a eu cette phrase déclic après avoir lu une de mes pires versions. Merci Geneviève, tout est reparti de là !

Un grand merci à mes lecteurs du début, qui se sont tapé un manuscrit décousu qui partait dans tous les sens, même en Europe.;-) On parle de : Johanne Bettez, David Boivin, Chantal Trudel et Mélinda Wilson.

Sans Louis-Philippe Plante, j'aurais jamais pu finir mon roman. Merci de m'avoir hébergée, rassurée et endurée, mon p'tit Louis. T'es vraiment fin.

Une mention spéciale à Steph Rivard qui m'a prêté son regard une couple de fois pis qui avait souvent raison. Ça sert aussi à ça, les apéros.

Enfin, merci à mon chum, Pierre Hédé, pour ses innombrables relectures malgré mon attitude de marde (je suis pas parlable quand j'écris). Une pensée aussi pour sa poutine qu'il cuisine à la française et qu'il réussit, ma foi, assez bien. Je t'aime mon p'tit chéri !

Cet ouvrage composé en Bembo corps 12,5 a été achevé d'imprimer au Québec
le dix-huit avril deux mille dix-sept sur les presses de Marquis Imprimeur
pour le compte de VLB éditeur.